ORIENTAL FANTASY STORY & ADVENTURE

마검왕 24

魔劍王

dream
books
드림북스

마검왕 24 당신들의 세상

초판 1쇄 인쇄 / 2015년 8월 21일
초판 1쇄 발행 / 2015년 8월 28일

지은이 / 나민채

발행인 / 오영배
책임편집 / 편집부
펴낸 곳 / (주)삼양출판사 · 드림북스

주소 / 서울시 강북구 도봉로 173
대표 전화 / 02-980-2112 팩스 / 02-983-0660
편집부 전화 / 02-980-2116 팩스 / 02-983-8201
블로그 / blog.naver.com/dreambookss

등록번호 / 제9-00046호
등록일자 / 1999년 3월 11일

ⓒ 나민채, 2015

값 8,000원

ISBN 979-11-313-0435-8 (04810) / 978-89-542-3036-0 (세트)

* 지은이와 협의하에 인지는 생략합니다.
* 잘못된 책은 구입한 곳에서 바꾸어 드립니다.

이 도서의 국립중앙도서관 출판시도서목록(CIP)은 서지정보유통지원시스템홈페이지
(http://seoji.nl.go.kr)와 국가자료공동목록시스템(http://www.nl.go.kr/kolisnet)에서
이용하실 수 있습니다. (CIP제어번호: 2015022586)

魔劍王

마검왕

나민채 퓨전무협 장편소설

ORIENTAL FANTASY STORY & ADVENTURE

24

당신들의 세상

dream books
드림북스

목차

魔劍王

제1장

원점(原點)

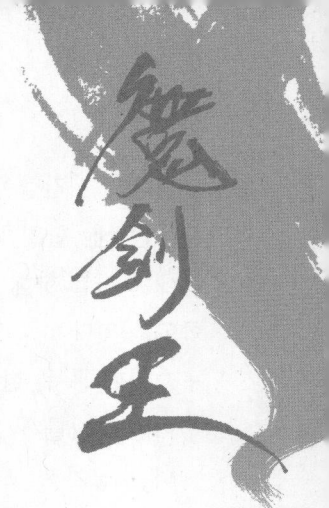

　단지 인간의 외형만 하고 있을 뿐이지, 그 안에 품어진 것은 실로 거대하고 또 거대해서 어쩔 수 없는 숭고함이 사방으로 미치고 있었다.

　나는 신성(神聖)이 담긴 저 눈빛에서 결코 선악(善惡)을 판별할 수 없었거니와, 그러고자 할 생각도 들지 않았다.

　그저 전신이 떨릴 뿐이었다.

　그러나 그 떨림은 두려움 따위의 감정 때문이 아니라 숭고한 존재를 향한, 일종의 경외와 같은 것이었다. 나와 흑천마검의 합일체를 마주했었던 이들도 전부 이런 기분이었던 것일까.

찰나의 시간들이 징검다리를 건너듯 뚝뚝 스쳐 지나가는 가운데, 합일체의 눈빛 또한 빠른 변화를 보였다. 처음에는 나를 향해 있었던 시선이 어느 순간부터는 허공을 쫓고 있었다.

그러던 문득, 한 생각이 뇌리를 스치고 지나갔다.

야니나 다를까.

나를 궁지로 모는 일이 절대 없을 거라고 생각했던 것과는 달리, 살의(殺意)로 번질거리는 눈빛이 회까닥 도는 것이었다.

놈이 뭔가를 읽었다.

또 뭔가를 보았다!

미처 피하기도 전.

파지직…… 파지직!

한 기운이 내 반응속도를 초월하여 갑자기 내 앞에서 출몰했다.

자력(磁力)뿐만 아니라 신검의 기운까지 품고 있는 그것은 아름다운 광휘와는 달리, 필시 죽음의 기운이었다.

— 너와는 결코 공존할 수 없겠구나. 죽어라.

마치 말 자체에 그 의지를 실행할 강대한 힘이 실려 있는 것만 같이 느껴져서, 생각이 멎어 버렸던 것 같다. 아니 어쩌면 죽음을 피할 수 없을 거라는 걸 직감했던 지도 모른다.

퍼뜩 정신을 차리고 보니, 시야를 가린 넓은 등이 있었다.

흑천마검이 막아줬다는 사실을 인지했을 때, 흑천마검의 목이 옆으로 뚝 꺾였다.

그래도 완전히 절단된 것은 아니었던지, 반대쪽 겉으로 잘려 나간 상처에서 거무튀튀한 기운들이 흡사 피처럼 뿜어져 나오고 있었다.

아슬아슬하게 얼굴을 붙여둔 목이 꽈배기처럼 꼬이며 그 얼굴을 내게 내비쳤다. 흑천마검의 얼굴이 고통으로 일그러져 있었다.

짜증이 아닌.

그동안 죽음보다 싫어했던 것을 생각하고야 말았다.

드래곤에게 오장육부가 짓눌리며 사선(死線)을 쉼 없이 오갈 때에도 끝내 봉인 해제하지 않았던 그것을 말이다.

하지만 지금에 와서 '합일'을 생각하고 만 것은, 정말 죽음의 순간이 코앞에 이르렀기 때문이었다. 그러는 것을 보면 그동안 내 스스로에게 했던 말은 모두 거짓이었었다.

합일을 재앙 중의 재앙이라 경멸해 왔으면서도, 당장의 죽음을 피하는 유일한 길이 그뿐이라.

설사 그것이 다른 방식의 죽음에 이르는 또 다른 자살 행위라 할지라도, 지금껏 겪어 보지 못했던 미지(未知)의 세상이기에 억지로라도 작은 희망을 보고자 하는 것이다.

육신을 빼앗긴다면 어쩔 수 없다.

단!

내 사람들에게 만큼은 피해가 가서는 아니 될 것이다. 그 의지만 유지할 수 있다면 기꺼이 합일할 것이다.

각오이자 소원이자 결심 하나.

오로지 그 하나만 주구장창 되뇌고 또 되뇌었다.

그러면서 비정상적으로 꺾여오는 흑천마검의 손을 향해, 나도 손을 뻗었다.

*   *   *

그동안 내가 느껴온 게 맞았다.

시체마냥 차디찬 그 손에 내 손을 올리는 순간, 나는 합일체에서 어떤 역할도 주어지지 않았다.

그런데 불행인지 다행인지 지금으로선 알 길이 없다만, 일단 의식이 존재했다.

차라리 의식마저 죽여 버렸으면 상관없었겠는데, 이 미지의 세상에서는 의식이 멀쩡히 살아 있는 데다가 시각과 청각 그리고 후각까지 공유되고 있었다.

"크크크……."

내 몸이, 흑천마검이 웃고 있다는 것을 소리를 통해 지각하는 식이었다.

바로 직전까지는 내 육신이었지만 이제는 온전히 흑천마검의 소유가 되었고, 나는 그 소유물에 딸려 들어온 작은 먼지와 다름없게 되었다.

시야가 천천히 올라간다. 흑천마검이 고개를 드는 것이다.

분명 생물학 구조로서는 달라진 것이 없었을 텐데, 똑같은 눈으로 다시 본 옥제황월과 신검의 합일체는 직전의 기억과는 완전히 달랐다.

그렇게 찬란하게만 보였던 광휘는 외형을 형성한 기운의 군집에 불과했고, 전신 크기만 하여도 이상하게 더 줄어 있는 듯 보였다.

그것은 시공의 틈에서도 마찬가지였다.

지고한 존재들이 세상을 바라보는 통로가, 이제는 그저 사색(四色)이 물든 거대한 눈알쯤으로 변해 있었다. 흑천마검의 시선 안에서 그것들 모두는 여느 생물을 보는 시점에서와 조금도 다를 바가 없었다.

그러는 짧은 시간은, 내가 할 수 있는 게 어떤 것도 없다는 걸 다시금 깨닫게 만들기에 너무도 충분한 시간이었다.

그때 불쑥!

옥제황월의 합일체 발 앞으로 튀어나온 팔 하나가 보였다.

유령처럼 갑자기 나타난 듯 보이지만, 실은 이쪽 공간에서 저쪽 공간으로 이어진 내 육신의 것이었다.

흑천마검이 합일체의 발목을 움켜쥐고는 빠르게 끌어당겼다.

합일체가 쏠리는 방향으로 시공이 짓이겨지고, 틈새마다 검은 기운이 꿈틀거린다.

시선이 또 움직여 아래로 향했다.

방금 전까지 하늘에 있던 옥제황월의 합일체가, 바로 거기 내 손에 발목이 붙잡힌 채로 막 쏠려 나오고 있었다. 합일체가 급히 허공으로 몸을 세우고자 하지만, 흑천마검 쪽이 더 강력했던 모양이다.

쏠리는 방향 그대로 휘둘러져, 지면 위로 세차게 부딪쳤다.

콰아아아앙.

옥제황월의 합일체가 부딪친 지면 부위를 기점으로 한 뒤틀림이 일었다.

겉과 안을 완전히 뒤바꿔버릴 듯.

시선에 자리한 광활한 황무지의 모든 지표면들이 번쩍 튀어 올랐다.

지표면의 폭발적인 상승으로 십수 미터 이상을 같이 떠오르던 순간에도, 흑천마검은 옥제황월의 합일체를 한 번 더 휘둘렀다. 그러자 높게 솟구쳤던 지표면은 산산조각 부서지며 사방으로 튀겨댔다.

단 두 번의 충격만으로 일대는 정말 세기말의 현장처럼 변했다.

쩍쩍 갈라진 지면 틈 안으로 지층이 보이는 건 예사고, 여기저기서 검은 기운들이 악마의 손길처럼 넘실거리며 근방에서 부유(浮游)하고 있었다.

그 와중에도 충격의 여파가 멈추지 않고, 저 먼 지평선을 향해 계속 뻗어나가고 있는 광경이 보였다. 바닷물로 이루어지지 않았을 뿐이지, 그것은 영락없이 쓰나미였다.

재앙이다.

알고는 있었지만, 나는 정말 재앙을 이 세상에 풀어놓고야 말았다.

그때였다.

파지직. 파지직.

소나기처럼 떨어지는 흙더미 사이로, 푸른색의 스파크가 번쩍 튀었다. 일점(一點)이 찰나에 십수 개의 선으로 변하며 가지처럼 뻗어나가더니, 종국에 인체의 형을 갖추었다.

검은 기운이 재빠르게 그 자리를 태풍처럼 쓸고 지나갔다.

하지만 푸르스름한 형체는 굳건히 버티고 서서 이쪽을 주시하고 있었다. 거기서 두 줄기의 정광(晶光)이 번쩍였다.

바로 그때, 내게 보여지고 있던 시선이 뒤로 확 기울었다.

처음에는 무슨 일인지 알아차릴 수 없었다. 흙먼지를 뚫으며 엄청난 속도로 날아가고만 있다기에는, 진행 방향이 뒤쪽일 뿐만 아니라 시선도 하늘로 향해 있었다.

마침내 자력(磁力)을 머금은 푸른 기운이 시야 전체를 휘감으며 그 성난 손을 드러내는 순간, 나는 흑천마검이 옥제황월의 합일체에게 계속 목이 잡혀 있었다는 것을 알아차릴 수 있었다.

그때가 딱 옥제황월의 합일체가 흑천마검의 목을 쥐고 날아가다가, 지면으로 꽂아 버리는 순간이었다.

어느 시점에 이르러서 갑자기 주위가 하늘로 바뀌었다.

그러나 꽂아 내쳐진 힘이 너무도 강력해, 가공할 속도로 빠르게 추락했다.

흑천마검은 아마도 옥제황월의 합일체 바로 위에 공간을 열 생각이었던지도 모른다. 어쨌든 지면에 충돌하고, 쉴 새 없이 지층과 지층을 뚫고 처박히는 쪽은 흑천마검쪽이었다.

흑천마검은 절벽에서 떨어진 것처럼, 땅속 깊숙이 처박혀 가는 와중에도 계속 양팔을 움직였다.

푸른 기운이 딸려 나오는 것을 봐서는, 공간의 틈을 끊임없이 열면서 합일체와 싸우고 있는 것 같았다. 공간 속으로 사라졌던 팔이 되돌아올 때마다, 어김없이 지축이 크게 흔들렸다.

그리던 어느 순간에 하늘 바깥으로 이동했다.

원래부터 뒤엎어지고 갈라져 있던 지표면이었던 데다가, 안에서도 그 난리를 쳤으니 땅이 멀쩡할 리가 없었다.

불규칙적으로 치솟거나 꺼진 지표의 차이가 많게는 킬로미터 단위까지 차이 나 보였고, 그 광경이 시선 끝에서 끝까지 차지하고 있는 지라 마치 다른 행성에 온 듯한 느낌마저 받았다. 화성의 기암절벽(奇巖絕壁)보다도 사납다.

사방을 한 번씩 쫓아 움직였던 시선이 제자리로 돌아왔

을 때, 합일체의 머리칼이 내 손아귀에 틀어잡혀 있었다.

어떤 식이었는지는 모른다.

다만 합일체의 발광이 끔찍하다는 것만큼은 분명하다.

합일체의 몸에서 뻗친 푸른 줄기들은 지옥 뇌락(牢落) 그 이상이었다.

사정없이 뿜어져 나와서 온 하늘을 퍼렇게 물들인 그것이, 갈래갈래 지면을 때려대며 또 한 번 대지를 뒤엎어 댔다.

번쩍!

치솟아 있던 지층면들이 스쳐 지나가는 푸른 줄기 하나에 바로 절삭되고.

번쩍!

산같이 뾰족하게 오른 어떤 곳은 크게 관통해서 무너트리고.

번쩍!

지표를 파고들면 거기에 또 한 번 산을 만들어 올린다. 그리고 그 전부의 표면 위에는 전기 스파크가 물결처럼 일렁거리면서, 아직도 섬유질이 남아 있을라치면 태워 사그라트려 버린다. 동물이든 식물이든, 살아 있는 것은 아무것도 없다.

바야흐로 여기는.

신과 신이 싸우고 자연과 자연이 부딪치는 죽음의 땅이다.

＊　　　＊　　　＊

흑천마검이 합일체의 머리칼을 움켜쥐고 있는 것은 맞지만, 그것만으로는 승기를 가져왔다고 볼 수는 없다. 손과 발을 대신한 검고 푸른 기운들이 승부를 겨루고 있었다.

합일체의 힘에 감탄했다.

흑천마검이야 내 육신을 전부 빼앗아 제힘을 온전히 발휘하고 있다지만, 옥제황월과 백운신검 쪽은 그렇지 않으면서도 흑천마검과 쌍수를 이루고 있지 않은가.

그러나 얼마 지나지 않아, 내가 완전히 잘못 생각했다는 것을 깨달을 수 있었다.

열화와 적색의 기운이 십이양공의 상징이었듯이 자력과 청색의 기운은 옥제황월의 진력인 벽력공의 상징이다.

그런데 어느 순간부터 자력과 청색 기운이 사라지고 없었다.

대신 순백의 찬란한 광휘가 더욱 짙어졌다. 그 빛을 둘러싼 합일체의 모습만 보자면 신령스러운 기운을 발산하고 있는 성령과도 같았다.

옥제황월이 백운신검에게 삼켜졌는지, 옥제황월 스스로가 제 육신을 자발적으로 바쳤는지는 모른다. 분명한 사실은 저쪽의 합일체 또한 이제 백운신검 그 자체라고 봐도 무방하다는 것이었다.

흑(黑)과 백(白).

두 기운이 실타래처럼 복잡하게 엉켰다.

헤아릴 수 없을 정도로 많은 곳에서 두 기운의 마찰이 일어나고 있으나 정작 그 여파는 두 인형(人形)에까지 미치지 않고, 반경 몇 미터 밖에서부터 시작되었다.

그리고 그곳들에서 번뜩이던 섬화가 사라질 때면, 시공이 찢어 놓은 흔적들이 어김없이 남았다.

아아.

온갖 사진을 갈기갈기 찢어 아무렇게 흩뿌려 놓은 듯. 수많은 세상들의 조각들이 그 안으로 보였다. 거기엔 녹림이나 빙산 그리고 바다와 같이 광활한 대자연도 있었지만, 듣도 보도 못한 신(新)문명의 광경들 또한 담겨져 있었다.

우주를 관조(觀照)하는 어떤 신의 모니터 룸이 존재하고 있다면 이와 비슷할 것 같다고 생각했다.

그러던 갑자기, 백운신검이 흑천마검의 손아귀를 떨쳐

냈다.

그때 시야가 옆으로 확 꺾였다.

꼭 여자처럼 입술을 둥그렇게 모은 미소 띤 얼굴이 시야를 가득 채웠다. 옥제황월의 얼굴이지만, 어쩐지 백운신검이 인간형일 때의 얼굴이 보였다.

그것도 잠깐뿐이었고, 주위 광경이 빠르게 스쳐 지나갔다.

흑천마검이 튕겨져 날아가면서 뭐라고 중얼거렸다.

그러나 칼날같이 날카롭고 무쇠처럼 단단하며 광속만큼이 빠른 바람에, 그 목소리가 금방 비산(飛散)해 사라졌다.

어디론가 깊게 처박히며 멈춰지고 나서야, 목소리가 분명해졌다.

"……하게 굴지만 않았어도, 저 계집을 금방 삼켰을 것이다."

흑천마검도 내 의식이 살아 모든 것을 보고 듣고 있다는 사실을 알고 있었던 모양이다.

"짜증 나는군. 짜증이 나."

그렇게 흑천마검이 내 입술로, 내 목소리로 중얼거리며 몸을 일으켰을 때 우리는 낯익은 곳에 있었다.

싸우던 와중에 계속 서쪽으로 옮겨졌던 것인지, 먼 시야 끝으로 유르트(고산 민족의 둥근 이동식 천막)이 보였다.

뿐만 아니라 설얼은 눈이 얹힌 고원의 광경 또한 넓게 들어왔다.

파미르 고원이다.

정확히는 정마교의 영역 안.

그때 하늘이 열리며 섬광 한 줄기가 이쪽을 향해 떨어져 내렸다.

흑천마검은 섬광을 피하기보다는 그 중심을 파고들기로 택했다. 새하얀 중심을 뚫으며 솟구쳐 오르면서도, 흑천마검이 제 기운으로 몸을 감싼 탓에 세상이 온통 검게 보였다.

하늘에 열린 시공의 틈으로 들어가던 순간까지도, 저 아래에서는 엄청난 폭음과 충격의 여파가 계속 전해지고 있었다.

시공의 틈을 뚫고 나오자마자, 흑천마검을 기다리고 있던 검날 하나가 번개같이 뚝 떨어져 내렸다.

흑천마검도 그곳을 향해 제 본신이라 할 수 있는 마검을 휘둘렀다.

우우우웅!

신검과 마검의 정면충돌은 또다시 재앙을 이 세상에 던져 놓았다.

핵열풍과 영락없이 닮은 힘의 물결이 사방으로 빠르게

퍼져 나가며, 닿는 모든 것들을 가루로 만들고 찢겨 있던 시공의 틈들을 짓뭉갰다. 감히 상상조차 할 수 없었던 초자연적이며 초우주적인 광경이 찰나의 순간에도 셀 수 없이 들어왔다.

흑천마검과 백운신검은 그야말로 살아 있는 재앙 덩어리였다. 그리고 그러한 재앙을 이 세상에 던져 놓은 원흉은 나와 옥제황월이었다.

이 둘의 싸움이 세상을 파멸로 이끌기 전에 막아야 한다는 생각이 들지만, 내게는 그 생각을 행동으로 옮길 수 있는 몸이 없었다. 이대로라면 계속해서 보고 싶지 않아도 볼 수밖에 없고, 듣고 싶지 않아도 들을 수밖에 없었다.

섬광이 떨어졌던 곳이 정마교의 영역이었기에망정이지 혈산(血山)이었다면…… 난전이 벌어진 곳이 사막 끝자락이었기에망정이지 혈산 인근이었다면…….

내 의식이 이렇게 멀쩡히 살아 있고 몇 개의 감각기관을 공유하고 있는 진짜 이유가, 어쩌면 내게 절망을 안겨주기 위한 흑천마검의 끔찍한 배려일지도 모른다는 생각이 들었다.

"그러면 그렇지."

힘의 물결이 먼 쪽으로 이동해 더 이상 보이지 않을 무렵이었다.

흑천마검이 내 입으로 중얼거리는 소리가 들렸다.

"이 몸이 어쨌든, 네년 따위에게 당할 것 같으냐. 크크크."

흑천마검이 양손으로 검을 움켜쥔 채 아래로 힘을 주고 있었고, 백운신검은 한쪽 무릎을 꿇은 채 부들부들 떨리는 검으로 겨우 버티고 있었다.

그러나 정작 흑천마검도 그렇게 온전한 상태가 아니었다.

검을 쥔 손등으로 뚝뚝 떨어지고 있는 검붉은 피를 보지 않더라도, 내뱉은 목소리만 하여도 힘 실린 음성이 아니었다.

"히……히히."

분명 백운신검은 조금씩 무너지고 있었다.

그런데도 웃는 소리를 냈다.

내게 들어오던 시야가 백운신검에게서, 하늘 위를 향해 번쩍 옮겨졌다.

힘의 물결에 의해서 짓뭉개졌던 시공의 틈들 중 하나가 처음 그대로 열려 있었고, 그것은 옥제황월의 세상으로 향하는 시공의 틈이었다.

그런데 그뿐만이 아니라, 백운신검의 기운이 틈 전체에

머금어져 있었다.

사색(四色)의 거대한 눈동자들이 움직인 것도 바로 그때였다. 칠흑같이 깜깜한 덩어리 하나가 제일 먼저 틈 밖으로 모습을 드러냈다.

안 돼.

저것들마저 풀어져 버리면, 이 세상은 정말로 끝장이다!

극히 짧은 시간에 저절로 떠올랐다. 흑천마검과 백운신검 그리고 드래곤 넷이 이 세상 전체를 전장으로 삼아 싸워 대는 광경을 말이다.

지옥도 그런 지옥이 없었다.

나는 아직도 살아 있는 의식과 이 지경에까지 이르게된 모든 인과(因果)를 저주했다.

그러다 실낱 같은 희망이 느껴지는 순간이 찾아왔다.

흑천마검이 백운신검을 계속 짓누르는 와중에 하늘을 잠깐 올려다봤을 때였는데, 흑천마검의 기운이 하늘 전체에 넓게 포진되어 이 세상을 침범하려는 것을 막고 있었다.

그러나 검은 덩어리뿐만 아니라, 녹색과 적색 그리고 파란색의 덩어리 모두가 시공의 틈을 벌리며 흑천마검의 기운을 조금씩 밀어내는 것을 보게 되고 말았을 때, 그 희망도 와르르 무너지고 말았다.

제아무리 흑천마검이라 할지라도, 백운신검을 상대하면서 드래곤 넷까지 막아 낼 수는 없었던 것 같았다.

그래서였을 것이다.

흑천마검이 검을 획 들어 올렸다.

마치 자석에 따라붙듯, 백운신검은 흑천마검이 의도했던 방향대로 쏠리다가 하늘을 향해 튕겼다.

중간에 백운신검이 다른 시공으로 피했었는데, 흑천마검은 기어이 백운신검의 머리칼을 휘어잡아 다시 이 세상으로 끄집어냈다.

백운신검은 그렇게 제가 불러낸 드래곤들을 향해 날아갔다.

그 일련의 과정은 정말 순식간이었다.

백운신검이 하늘에 열린 시공의 틈에 가까워지자, 각각 다른 색깔의 덩어리들이 지옥의 망자들처럼 백운신검을 향해 모여들었다.

그때 하늘에 포진해 있던 흑천마검의 기운에, 이쪽에서도 쏘아 보내진 기운들까지 보태졌다.

누구는 일식(日蝕)의 순간이라고 생각했을지도 모를 만큼, 세상이 그 기운들로 하여금 밤같이 깜깜해졌다.

그렇지만 백운신검을 감싸버린 덩어리들이 들어왔던 틈

안으로 다시 밀려나는 광경이나, 시공의 틈이 비정상적으
로 닫히는 광경들이 분명히 보였다.

그리고 세상은 거짓말처럼 조용해졌다.

*　　　*　　　*

나는 분통을 못 이겨 제자리에서 발을 구르고 몸을 부
르르 떠는 흑천마검을 느꼈다.

대단한 공능을 가진 신이면서도, 순수하게 본연의 감정
을 숨기지 않는다. 오히려 나보다 더 인간스럽다.

"씹어 먹을 년!"

흑천마검이 쉼 없이 분통을 토했다.

드디어 내 육신을 빼앗은 데다가 백운신검 또한 삼킬
수 있었는데, 그러면 완전해질 수 있었는데. 전부 눈앞에
서 놓치고 말았다.

더욱이 흑천마검 스스로가 백운신검을 드래곤들에게 던
져 버리고 시공을 닫을 수밖에 없었던 상황이었기에, 생
각하면 생각할수록 열불이 나는 것이었다.

반면에 나는 이 상황을 어떻게 받아들여야 할지 판단을
내리지 못하고 있었다.

우려했었던 그런 끔찍한 일은 일어나지 않았다고 해도,

모든 게 끝난 결과는 여전히 참담했다. 흑천마검에게 몸을 빼앗겼다.

정말 이대로 끝난 건가? 다른 무엇도 아닌 내 몸속에 갇혀서? 기생충하고 하등 다를 바 없이 이토록 허무하게?

"네놈 때문이다. 네놈 때문이야."

흑천마검의 분노가 내게로 돌아섰다.

"멍청한 네놈이 전부 망쳐 버렸다."

다른 무엇도 아닌, 내 몸을 빼앗은 녀석이 어린아이처럼 칭얼대는 모습에 짜증이 치밀었다.

이런 모습을 보려고 죽음을 각오했던 것이 아니다. 대체 난 무엇 때문에 스스로를 제물로 바쳤단 말인가. 찾아야 한다. 내 몸을 되찾을 방법을 찾아내고야 말아야 한다.

나는 이 의식 활동이 혼백(魂魄)의 실존을 증명하는 것이길 진심으로 바랐다.

그렇다면 내 몸을 다시 되찾지는 못하더라도, 여기서 빠져나가기만 한다면 다른 몸으로 들어갈 수 있는 희망이라도 가져볼 수 있기 때문이었다.

"크크……크크큭."

흑천마검이 조소를 보냈다. 역시나 내 생각이 고스란히

들리고 있는 것이 분명하다.

"네놈의 몸이 여기에 있는데, 어디로 갈 수 있단 말이냐. 그렇게 아둔하니 몸도 굼뜬 것이었겠지. 그때 이 몸의 뜻을 따랐어야지! 그랬다면! 그랬다면!"

내 몸을 가지기 직전에, 나를 대신해 합일체의 공격을 막아섰던 때를 말하는 것 같았다. 그때 흑천마검의 목은 거의 반쯤 떨어졌었다.

그렇다면 흑천마검은 큰 상처를 입고 시작한 것이 된다.

그러던 문득.

"네놈만큼이나 괘씸한 것이 있지. 하찮은 미물 주제에 감히 우리를 농락해? 이 몸이 주제넘은 것들을 어떻게 다루는지 거기서 잘 지켜보거라. 애송이."

흑천마검이 손가락 끝으로 공간을 갈랐다.

그 안으로 낯익은 얼굴이 나타났다.

라쿠아.

그녀가 줄곧 이때를 기다리고 있었다는 듯이 이쪽을 정확히 바라보고 있었다.

일곱 살 정도로 밖에 보이지 않는 어린 소녀의 모습. 그러나 이쪽을 바라보고 있는 두 눈에는 깊은 우주가 담겨 있었다.

흑천마검이 틈 안으로 들어가자, 이쪽에서부터 불어나
간 바람에 라쿠아의 어깨에 올려져 있던 양모가 뒤로 훅
날아갔다.

피리처럼 가늘한 라쿠아의 어깨 위로 구릿빛 피부가 고
스란히 드러났다.

"누구는 너희들을 마리다(魔靈)나 샤아탄(shaytan:악
마)이라 부르겠지. 하지만 나는 너희들이 음험하고 간악
한 그것들과는 본질이 다르다는 걸 알고 있어. 그렇다고
진(jinn:정령)도 아닌걸. 너희들은 위대한 신을 섬기고 있
니?"

흑천마검이 라쿠아 앞에서 멈춰 섰다.

그러고는 키득거리며 웃었는데, 그 안에 섬뜩한 분노가
느껴졌다.

이전 시간대에서 라쿠아는 흑천마검에게 그와 똑같이
물었던 적이 있었다. 오로지 단 한 단어, '너희'가 '너희
들'로 바뀐 것을 빼고는.

아마도 백운신검까지 지칭하는 것 같다.

쉬악.

눈 깜짝할 사이에 흑천마검이 라쿠아의 목을 움켜쥐고
들어 올렸다. 작은 발이 동동거리면서 허공을 차기 시작

했다.

라쿠아도 사람인지라, 켁켁거리며 고통스러워 하긴 마찬가지였다.

그대로 목숨을 끊어 놓을 줄 알았는데, 의외로 흑천마검은 라쿠아가 숨이 넘어가기 직전에 숨통을 열어주는 것이었다.

나는 흑천마검이 라쿠아를 편히 죽일 마음이 없는 것인 줄 알았다.

하지만 그게 아니었다.

"이 몸이 죽여줬으면 하는군. 네 죽음까지 인과(因果)의 계산 안에 넣은 것이냐."

흑천마검은 그렇게 손을 놓아 버렸다.

속에 담긴 것이 무엇이든 일단은 어린 소녀의 모습이었기에, 지면으로 떨어진 라쿠아는 곧 죽을 것 같이 힘들어 했다.

흑천마검이 그런 라쿠아의 앞에 쭈그리고 앉았다.

스멀스멀.

검은 기운이 라쿠아의 고개를 억지로 들어 올렸다. 라쿠아의 충혈된 두 눈에서부터 고통이 담긴 눈물을 주르륵 흘러내렸다.

"계집아. 너를 죽이면 무슨 일이 일어날지 궁금하기는

하구나. 그런데 끝까지 우리들이 네 뜻대로 움직일 줄 알았느냐?"

"……내 뜻이라는 건 없어. 비스말라(신의 이름으로). 모두 그래야만 되는 일이야. 너희들이라고 해도 위대한 섭리에서 벗어날 수 없어. 너희들도 알잖아."

"이 쥐 방울만 한 것이."

"너희들의 싸움은 끝났어. 이제 우리 인간들의 차례야. 그러니 간섭하지 말고, 네 안에 담긴 자를 풀어 줘. 그래야 하는 것 또한 알잖아."

"……."

흑천마검은 작은 소녀의 몸을 찢어대는 대신, 가만히 그 이야기를 듣기만 했다.

꽤나 의외였다.

그런데 아무 말 없이 라쿠아를 바라보던 흑천마검이 또 갑자기 분통을 터트렸다.

"어떻게 차지한 것인데!"

나는 일이 어떻게 돌아가는지 알 수 없었다.

그때 라쿠아가 콜록거리면서 팔을 뻗어 왔다.

흑천마검은 이번에도 예상치 못한 반응을 보였다. 라쿠아가 제 뺨을 어루만지는데 가만히 있었다. 정확히 말하자면 라쿠아의 슬픈 눈을 깊이 들여다보고만 있는 것이었다.

"나를 죽이지 않을 거라면 그렇게 해. 그래야만 네게도 기회가 올 거야. 위대한 섭리가 너를 보살피고 있다면……."

차악!

흑천마검은 그쯤에서 라쿠아의 손을 뿌리째며 몸을 일으켰다. 역시, 라쿠아의 어떤 사악한 마법에 걸렸던 것은 아니었다.

"그놈의 섭리! 그놈의 인과율!"

심경에 무슨 변화가 있었던 것일까, 흑천마검이 소리를 질렀다.

"위대하신 이 몸이 언제까지 인과율의 노예로 있을 것 같으냐!"

"누구도 신의 뜻을 거역할 수 없어. 그렇게 되어져 있어."

"제대로 모르면 닥쳐라! 계집. 이 몸이 완전해지면 무엇을 할 수 있는지, 하찮은 미물 따위가 알 리가 있겠느냐! 그 세계까지 볼 수 있을 리가 없지!"

라쿠아에게 설득되는가 싶더니, 이제는 당장에라도 그 작은 몸을 짓이겨버릴 기세다.

급격한 심경의 변화가 너무나도 눈에 띄었다.

"그래. 지금 너를 죽이면 안 되겠다. 네가 그리도 절대적으로 믿는 것이 어떻게 무너지는지 보여 준 다음에, 네

정기를 모조리 삼켜주마."

흑천마검이 고개를 옆으로 돌렸다.

"인과율…… 인과율…… 그것이 항상 이 몸을 강제하는구나."

신경질적으로 돌려진 시야 안으로, 흑천마검이 또다시 시공을 찢는 광경이 들어왔다.

그런데 그 안에 펼쳐진 광경은 다름 아닌 현실 세상, 항공모함이 창밖으로 보이는 서재 안이었다.

*　　　*　　　*

나는 이 재앙 덩어리가 현실 세상 안으로 들어가는 시점에서, 할 수만 있다면 혼백(魂魄)까지 불살라 막아 내고 싶었다.

이 재앙 덩어리가 현실 세상에 풀어지는 상황은, 내가 생각할 수 있는 최악 중의 최악이었다.

그런데 전혀 생각지도 못했던 일이 일어났다.

서재 안으로 들어온 순간.

아!

숨이 폐부 안으로 확 끼쳐 왔다. 열린 창밖에서부터 들어온 바람이 느껴졌고 그 안에 품어진 바다 냄새도 맡아졌다.

모든 감각기관을 통해 느낄 수 있는 전부가 일시에 들어오고 있는 것이었다.

몸을 되찾았다는 기쁨보다도, 재앙이 이 세상을 벗어났다는 생각이 나를 몸서리치게 만들었다.

그때.

머릿속으로 녀석의 목소리가 울렸다. 오른손 안으로도 움켜쥐어져 있는 검자루의 감촉이 제대로 느껴지고 있다.

나는 놈이 제 스스로 내 육식을 돌려주었다는 사실이 믿기지 않았다. 녀석이 내 육신을 얼마나 갈망하고 있었는지 너무나도 잘 알고 있었으니까.

― 이것으로 앙금은 털었다 생각하겠다.

정신이 멍해져서 무슨 말을 하는지 몰랐다.

녀석이 내게 혀를 차듯 말했다.

― 이 몸이 너그러운 마음으로 네놈을 용서하겠다는 것이다.

놈이 잔뜩 거드름을 피워 말했다.

용서?

놈의 말을 가만히 생각해 보니, 인과율의 조각을 삼키려던 것을 막아냈던 일을 말하는 것 같았다.

— 이럴 땐 '감사합니다. 이 지극한 은혜를 결코 잊지 않겠습니다. 주인님', 이라고 복창해야 하는 거다. 애송이.

상황만 놓고 보자면, 이유가 무엇이 되었든 진심으로 고마워해야 할 일인 건 맞다.

하지만 온몸에 오물을 뒤집어쓴 것보다도 찝찝했다.

그리고 불편하고 또 불편하다. 끈적한 점액질이 전신에 척척 달라붙는 기분이다.

"꿍꿍이가 뭐지?"

고맙다는 말 대신 그 말이 툭 튀어나왔다.

"왜 날 이 세상에 풀어 놓은 거지?"

다른 세상도 아닌 현실 세상.

우리 가족이 사는 세상이다.

— 예의라고는 눈곱만큼도 없는 놈이군. 설사 네놈과 이 몸이 사이가 좋지 않다고 해도, 고마운 건 고맙다고 해야 하는 것이다. 그래야 같이 앞을 볼 수 있지. 어쨌거나 네놈과 이 몸은 서로에게 묶여 있으니까.

"……"

설마 녀석이 진심으로 하는 말일 수도 있다는 생각이 들자, 소름이 쫙 끼쳤다. 녀석이 무슨 각오로 나를 풀어줬는지는 알 것 같다만 그래도 우리는 이런 사이가 결코 아니다.

나는 흑천마검이 저 말을 하면서 어떤 얼굴을 하고 있을지 무척 궁금했다.

그러나 놈은 민망한 표정을 감추기 위해서인지, 마검 본연의 모습을 유지하고 있었다.

— 한심하기는. 그 잘난 평정심을 동원해서 생각해 봐라. 중원으로 되돌아갈까? 네놈만으로 그것들의 군대를 막아 낼 수 있을까. 하물며 인과(因果)를 보는 계집이 뒤에 있는데? 그럼 네놈이 다시 합일을 할까? 아니 네놈은 극구 거부할 테지. 네놈은 그럴 놈이니까.

무슨 소리냐고 대꾸하려다가 그만두었다. 흑천마검과 백운신검이 싸우던 도중에 정마교가 큰 타격을 입었다는 사실이 떠올랐다.

정마교는 당장 본교의 적이지만, 그들의 존재가 그렇게 나쁜 것만은 아니었다.

지리상으로 정마교는 이슬람제국과 본교의 교지(敎地) 사이에 있어, 크게 보면 서방에서 들어오는 것들을 막아서는 방패 역할을 하고 있기도 했다.

"그런 것인가……."

나는 라쿠아가 의도했던 수많은 일 중에 하나를 거기서 발견했다.

정마교가 타격을 입은 것은 우연이 아니다. 라쿠아는

이슬람 제국의 군대가 교지로 들어올 수 있도록 큰길을 열어 버렸다.

미리 전비를 갖추었다는 가정하에, 이슬람 제국의 군대는 중원에서 혈마군이 돌아오기도 전에 혈산(血山)과 십시(十市)를 칠 수 있었다.

설사 내 일신의 능력으로 군대야 어떻게 막아 낸다 할지라도 문제는 라쿠아다.

앉은 자리에서 흑천마검과 백운신검을 싸움 붙이고, 정마교를 동강 내버린 자가 내 적이 되어 나를 응징을 하려 한다.

— 애송이. 네놈은 크게 잘못 생각하고 있다. 완전히 거꾸로.

흑천마검의 목소리가 상념을 깨며 들어왔다.

— 이 몸이 불완전한 것을 두려워해야지, 진짜 두려워해야 할 것은 두려워하지 않고. 완전해진 이후에는 네놈 따위가 볼 수도 없는 세상에 있을 것인데 왜 두려워하는 것이냐. 이 몸이 백운, 그년을 삼키는 걸 두려워하지 마라. 우리는 서로에게 득이 될 수 있단 말이다. 이 몸에게 협조해라. 애송이. 이 몸이 네놈에게 육신을 돌려주었듯이.

기어코 이 위화감의 정체를 알아차리고야 말았다.

녀석은 꼭 옥제황월처럼 말하고 있었다.

"무엇을 협조할까?"

내가 대꾸했다.

― 네놈도 바라는 일이다. 지금보다 더 강해져라. 지금보다 더.

역시였다.

옥제황월의 합일체만 봐도 그랬다.

담긴 그릇이 강할수록, 그 합일체의 힘은 비례해서 강해졌다.

흑천마검은 백운신검을 사냥할 생각을 하고 있는 게 분명했다.

지금으로써는 백운신검에다가 드래곤 넷까지 있는 저쪽 세상으로는 갈 수 없다. 녀석도 그것들이 연합을 할 수도 있는 가정을 빠트리지 않고 있었던 것이다.

꺼림칙하지만, 지금 생각할 수 있는 답은 그뿐이다.

― 알겠느냐? 애송이. 네놈과 이 몸. 원점(原點)부터 다시 시작하는 거다.

쏘아주고 싶으나 지금껏 놈이 저질러 놓았던 재앙들을 어떻게 잊을까.

그러나 대답은 정해져 있었다.

"그러지."

묵묵히 고개를 끄덕인 후, 옷장으로 걸어갔다.

넝마가 되어 있는 저쪽 세상의 의복을 벗고 이쪽 세상의 차림으로 바꿔 입어야 할 때였다.

제2장

유학생의 가족

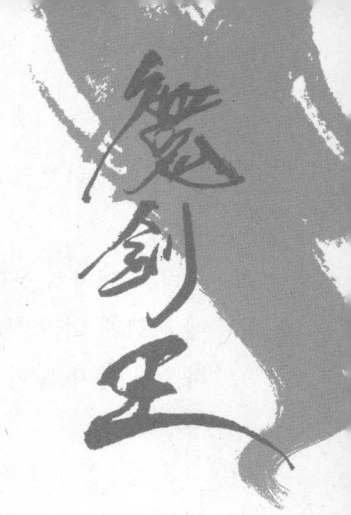

　거울 속에 비친 내 인상이 마음에 들지 않았다. 녹음된
제 목소리를 들었을 때 느끼는 위화감과는 다른 느낌이
다.

　내 인상에서 친근함을 느낄 수 없는 것은 아무래도 좋
다.

　그러나 앞으로 현실 세상에서 얼마나 긴 시간을 보내게
될진 모르겠지만, 살기등등한 얼굴은 결국 내 위장(僞裝)
을 빠른 시일 안에 벗겨 낼 것 같았다.

　보라.

　이런 생각을 하고 있는 와중에도, 거울 속에 있는 녀석

은 딱딱하게 굳은 얼굴로 계속 나를 노려보고 있지 않은
가.

나는 억지로 웃어 보이는, 꼴사나운 행동을 하는 대신
에 빠르게 머리카락을 정리하고 옷을 갈아입었다. 그래도
마음에 들지 않아 야구 모자를 깊숙이 눌러쓰고 침대에
누웠다.

흑천마검이 조용해졌듯이, 나도 일단은 휴식 시간을 가
지고 싶었다.

한 번씩 필요에 의해서 들리긴 했었다. 그리고 시간의
흐름을 확인하기 위해 주기적으로 들리기도 했었다. 그러
나 방문의 횟수와는 상관없이 내 마음은 긴 시간 동안 이
세상을 떠나 있었다.

하지만 막연히 쉴 수만은 없던 이유가 너무도 적나라했
다.

내 심신의 상태와는 상관없이, 이 세상에서 내가 남겨
두었던 일들이 지금 이 순간에도 빠르게 진행되고 있는
중이었다.

이를테면…….

침대 탁상에 올려져 있는 일간지가 눈에 띄었다.

일면을 장식하고 있는 사진 속의 배경은 백악관 앞이었
고, 시위대가 소리를 지르는 광경이 그 사진 안에 고스란

히 담겨 있다.

[코드 301을 공개하라(OPEN! CODE 301)!]

그리고 시위대들은 하나같이 그렇게 쓰인 피켓을 들고
있다.
아주 오래된 기억 속에서 LA 타임스(Los Angeles times)
가 다루었던 인터뷰를 기억해 냈다.

Q) 다시 확인하겠습니다. 우리 군이 우리 영토 내에
서 패배를 하였다는 말씀이시지요?
A) 그렇습니다. 폭격은 실패했고 무인도로의 착선
을 시도하지 않았으며, 항모 본체와 연안 경비대의 경
비정 몇 척만을 남겨둔 채 회항했습니다. 이것은 명백
히 패배입니다. 하지만 저는 코드 301이 발동된 것은
우리 군의 패배를 감추기 위해서가 아니라고 생각합니
다. 그것은 저뿐만이 아니라 군 내부의 동일한 생각입
니다.
Q) 그럼 정부와 군이 그렇게 감추려고 하는 진실은
무엇입니까?
A) 신(God).

당시에 인터뷰에 응했던 '3함대 소속의 해군'의 폭로
는 이렇듯 시위대를 백악관 앞으로 집결시키고 있는 등,
계속 그 여파가 커져가고 있는 중이다.

항모타격전단과의 전투를 기점으로.

내가 이 세상에서 해 왔던 일들을 역순으로 되짚어 나
갔다.

잊고 있었던.

천천히 잊혀져가던 일들이 하나하나 생생해지기 시작했
다.

그러다 어느 순간부터인가 얼굴이 일그러졌다.

지금보다는 낮은 경지에 불과했어도, 분명 나는 줄곧
초인이었다.

그런데 그만한 힘을 가진 채 한 일이라고는 조그마한
섬에 숨어서 사이비 종교처럼 보이는 공동체를 운영하고
있던 게 전부였다.

항모타격전단을 박살 내고 미 정부 앞에 내 존재를 드
러냈던 것 또한 내가 의도했던 일이 아니라, 어쩔 수 없이
그렇게 되고만 수동적인 일에 불과했다.

지난 시간대의 옥제황월이 나를 질타(叱咤)했던 걸 봐
도, 위선적인 이유만을 제외하자면 꼭 틀린 말이 아니었

던 것이다.

존재를 드러내길 두려워하면서도, 이 세상의 혈마교는 웬 말이냐. 피를 두려워하고 혼란을 두려워하면서도. 새 질서를 논해 왔던 것은 또 웬 말이냐.

모순투성이지 아닌가.

언제부터였는지 모르겠다. 중원에서도 느꼈던 것인데, 과거 속의 내 모습은 부끄러운 행태로 일관되어 있었다.

계속 생각해 봤자 자학(自虐)에 불과한 일은 그만두기로 하였다.

어느새 버릇이 되고만, 한 손으로 얼굴을 덮어 버리며 눈을 감아 버렸다.

"시작부터 잘못되었어……."

노크를 한 사람은 푸니타였다.

스르르.

대답 대신 기운으로 문을 열었다.

푸니타는 제 스스로 열려버린 것이 된 문 때문에 순간 당황하다가, 조심스러운 자세로 발을 뗐다.

그녀는 구운 소고기와 토스트 그리고 우유를 쟁반에 들고 내 곁으로 오는가 싶었다. 그러나 나와 눈이 마주친 시점에서 몸이 뻣뻣해져서는 발걸음을 더 이상 옮기지 못하는 것이었다.

마지막 만남에서 푸니타를 거의 울렸었던 일이 떠올랐다. 당시의 나는 드래곤을 죽인 이후, 삼 일간의 혼수상태에서 갓 깨어났던지라 신경이 예민해져 있었다.

"팀과 알렉스를 데려와라."

내가 말했다.

푸니타는 거의 쟁반을 놓칠 뻔했다.

내가 한 번 더 명령하자, 푸니타가 쟁반을 바닥에 황급히 내려놓았다. 그러고는 들어와서는 안 될 곳에 들어온 사람처럼, 황급히 방 밖으로 뛰쳐나갔다.

팀과 알렉스가 들어온 건 그로부터 그리 오래되지 않았을 때였다.

"사부! 얼마나 걱정……!"

호들갑을 떨면서 들어왔던 팀은 굳어 버린 얼굴로 입까지 닫아버렸다. 그러고는 언제나 심각한 표정을 짓고 있는 제 옆의 알렉스 마냥, 침을 꿀꺽 삼켜 넘기며 고개를 떨어트렸다.

리차드 청은 어떤 인연의 끈으로 이어져 있다 쳐도, 이 둘은 내가 저질러 놓은 실수가 분명했다.

인과율의 모래시계가 내 손에 쥐어져 있다면, 조금도 망설이지 않고 시간을 무(無)로 되돌려 놓았을 거라는 생각이 들었다.

그러나 자책만 하고 있기보다는 이미 일어난 일, 현 상황에서 마땅히 해야 할 일들을 하는 것이 더 생산적일 것이다.

무작정 후회하기보다는, 신뢰할 수 있는 사람 둘을 얻었다고 생각하자. 앞으로 신뢰할 수 있는 사람들이 많이 필요하니까.

그렇게 속으로 뇌까리며 입술을 열었다.

"대회(大會)는?"

말이 사라진 팀 대신 알렉스가 대답했다.

"차질 없이 준비되고 있습니다. 스승님."

신도.

내 실수를 머금고 태어난 세상에서 가장 운이 좋은 자들.

그 수라 해 봐야 반(半)천도 되지 않는다. 그것도 연예계 종사자들에 국한되어서.

"언제지?"

"……나흘 뒤입니다."

"그전까지 돌아오겠다. 그만 나가 보거라."

알렉스는 멍청히 서 있는 팀을 흘깃 쳐다보다가, 어깨를 툭툭 치며 나가자는 사인을 보냈다. 팀은 뭔가에 홀린 사람처럼 알렉스의 뒤를 따라 나갔다.

둘이 나가고.

"너와의 약속은 지킨다. 하지만 시간이 필요해."

흑천마검에게 말했다.

— 시간?

흑천마검의 불쾌한 감정이 그 목소리에 절실히 실렸다.

"이 세상. 종지부를 찍어야지. 그 뒤에 수련에 전념하겠다. 이 정도쯤은 너도 예상했던 바였을 것이다. 안 그래?"

뉴욕 할렘의 옛 숙소에 들렀다.

기억대로 계약 기간이 만료되지 않은 상태였던지, 내 이름으로 된 우편물들이 치워지지 않은 채 가득 쌓여 있었다.

대부분 컬럼비아 대학교에서 보내온 통지문들로, 가장 최근의 통지문은 제적(除籍) 처리를 알리는 최고장이었다.

화르륵!

그것들 모두가 푸른 염화(炎火)를 머금으며 일시에 사라졌다.

열쇠는 잃어버리고 없어 잠금장치를 뜯어 버리고 들어갔다. 문을 열자, 오랫동안 방치된 퀴퀴한 냄새가 확 끼쳐

왔다.

그런 냄새보다도 내 신경을 거슬리게 만드는 것은 주인 없는 집에 누군가 들어왔었다는 사실이었다. 특히 좀도둑이라고 볼 수 없게도, 침입 흔적이 말끔히 지워진 점이 그랬다.

미 정부의 요원이 내 방을 뒤졌었다는 생각은 결코 과민한 것이 아니었다.

가족을 보고 싶은 마음이 간절하다. 그렇다 해도 사실이 세상에서의 시작을 한국행으로 잡은 것은 그 때문이아니었다.

바로 이와 같은 일에서 벌어지는 재앙을 미연에 방지하기 위해서였는데, 생각 없이 저지른 실수들이 살아 있는생물마냥 벌써 움직여 대고 있었다.

일단 여기에 온 목적대로 한국으로 돌아갈 수 있는 여권부터 챙겼다.

유학생 정진욱과 혈마교의 정(Jung)은 다른 인물이다. 그럼에도 불구하고 유학생 정진욱이 미 정부의 관심을 사게 된 이유를, 서랍 속의 금융 서류들이 제대로 설명해 주고 있다.

팀과 알렉스가 공동제작한 영화 사투(Desperate struggle)의 참여지분에 관한 서류들이.

아무리 그래도 수천만 달러라고요. 좀 좋아하시는
　　척이라도 하세요. 사부님.

　　순간, 뇌리를 스쳐 지나간 흑백 영상 속에서 팀이 그렇
게 말했다.

　　현 미 정부에 있어, 혈마교 책임자 정(Jung) 다음으로
요주의 인물이 팀과 알렉스다.

　　그 팀과 알렉스가 환산가 3000만 달러에 달하는 참여
지분을 갑자기 나타난 한국 유학생에게 넘겨주었고, 또한
한국 유학생의 성까지 정(Jung)이었으니, 혈마교 책임자
정과 한국 유학생 정진욱의 관계를 자연스레 파헤칠 수밖
에 없음이다.

　　더욱이 팀과 알렉스는 한국 유학생 정진욱과의 유대(紐
帶)를 공공연히 알려 오기도 했었다.

　　지분 상태는 전산에서, 두 헐리웃 배우와 한국 유학생
의 유대관계는 여러 가십지들에서 쉽게 찾을 수 있다.

　　그때는 선의에 의한 행동이었지만 훗날 항공모함전단을
박살 내고 미 정부에 초인의 존재를 고스란히 드러내게
될 줄이야, 당시에 누가 알았겠는가.

　　"……."

유학생 정진욱은 조금만 조사해 봐도 안다.

얼마나 비정상적인 인물인지.

사전에 조사를 마친 미 정부가 내 방에 침입했고, 따라서 미 정부는 유학생 정진욱을 혈마교의 주요 관계자로 특정지어 놓았을 것을 인정할 수밖에 없다.

심증을 넘어선 확신이다.

그나마 위안으로 삼을 만한 것은 아직까지 신 회장에게 연락이 없었다는 사실이다. 우리 가족에게 어떤 위해가 있었다면 알리지 않았을 리가 없다.

그날.

서울로 가는 가장 빠른 비행기에 몸을 실었다.

＊　　　＊　　　＊

꼭 비행기를 타야만 했던 것이 아니었다면, 가족들의 신병을 염려하지 않아도 됐더라면.

JFK(존에프케네디 공항)은 공항에 상주해 있던 정부 요원들과 회전식 감시 카메라들이 '유학생 정진욱'에 대한 감시 활동을 시작한 순간에 저쪽 세상의 전장과 다름없게 됐을 것이다.

"Can I have some water?"

뒤쪽에 한 남성의 목소리가 들렸다.

일등석 후열에 앉은 그는 비즈니스맨으로 위장한 정부 요원이다.

공항에서 나를 감시하던 요원들 중 한 명으로, 지금은 한국인 여승무원에게 능청스럽게 물을 주문하고 있는 중이었다.

노트북 마우스와 키보드를 딸깍딸깍거리며 사무 처리에 한창인 듯싶지만, 모니터에는 정부 채팅 프로그램이 띄워져 있을 확률이 높았다. 자켓 상단에 꽂아 놓은 만년필에는 극소형 카메라가 확실히 달려 있고.

내가 미 정부의 무조건적인 항복을 받아들이며, 내걸었던 조건은 단 두 가지였다. 그중 한 가지가 본교의 교도들에게 접근하지 않는 것이고, 이를 지키지 않을 시에는 백악관을 공격하겠다고 통보한 바 있었다.

그럼에도 불구하고, 미 정부는 혈마교의 관계자로 추정되는 인물들에 대한 조사를 포기하지 않았다.

그 처사가 이해되지 않는 것은 아니다. 다만 그랬다면 들키지를 말았어야지.

어쨌든 지금 가장 우선시해야 할 일은 응징이 아니라 우리 가족의 신병을 확보하는 일이라, 비행기가 도착하는 긴 시간 동안 녀석의 목은 제 몸에 붙어 있을 수 있었다.

오후 4시 40분.

인천 공항에 도착했다.

아버지와 어머니의 황혼 결혼식 이후로 처음 밟는 한국 땅이다.

그 이후로 이 세상 시간으로 한 달하고도 보름 정도밖에 지나지 않았다는, 시간의 괴리는 더 이상 내게 어떠한 느낌도 주지 못했다. 참 좋았던 시간들이었지, 그 짧은 감상만으로 흑백 사진들이 뇌리를 훅훅 스치고 지나갈 뿐이다.

어느새 나는 공항 안 들뜬 여행자들의 모습에서 그동안 내가 베어 왔던 사람들을 떠올리고 있었다. 입은 것이 다르고 쓰는 말이 다르지만, 모두는 그것들과 닮은 것들을 하나씩은 꼭 가지고 있었다.

와르륵 쏟아지는 내장. 사방에서 튀어 오르는 피와 팔다리. 그리고 비명.

전장의 광경이 공항 안으로 겹쳐 들어온다.

너무도 무방비인 이 세상의 사람들이 나를 슬슬 피하며 눈도 마주치지 않으려던 그때, 미 정부 요원만큼은 일정한 거리를 유지한 채 계속 나를 따라오고 있었다.

하지만 녀석을 제거해봤자, 유학생 정진욱의 경계 등급을 올리는 것밖에 되지 않을뿐더러 녀석만으로 끝이 아니었다.

입국 수속을 마친 이후로 새롭게 가세한 녀석들이 있었
다.

확실히 유학생 정진욱은 요주의 인물로 낙인 찍혔다.
미 정부와 공조(共助)를 이룬 한국 정부의 요원들까지도
따라붙었다.

참는다.

참아.

우리 가족의 신병 확보가 먼저다.

공간이동 마법 대신 공항 택시를 탔다.

"짐 없어요?"

택시 기사가 물었다.

"대치동."

택시 기사가 반사적으로 이맛살을 올려 백미러로 내 얼
굴을 확인했다. 짜증 난다는 듯이 얼굴을 구겼던 그가 당
황한 것도 그때였다.

흡!

그는 얼굴을 확인하려 했던 것처럼 반사적으로 백미러
에서 시선을 뗐다.

"대치동 어디로 갈까요?"

그러나 내가 대답을 하지 않자, 택시 기사는 일단 악셀

을 밟고 보았다.

그는 대치동으로 향하면서 백미러를 통해 나를 힐끔힐끔 쳐다보았다. 그러다 야구 모자 안으로 감춰져 있던 내 눈빛과 정확히 마주친 다음부터는, 오로지 앞만 보면서 운전했다.

이쪽저쪽.

골목 사이사이를 가리켰다.

깜빡 잊고 택시비를 내지 않았는데, 택시 기사는 그대로 차를 몰고 사라져 버렸다.

내 기세가 그렇게나 사나운 것이겠지.

택시에서 내리면서 한 손으로 얼굴을 쓸어내렸다. 부모님과 영아 앞에서도 계속 이런 식이면 곤란했기 때문이다.

그 손짓 한 번으로 그간 묻혀 온 피가 그렇게 쉽게 지워질 리가 없다.

정문 안쪽에 앉아 있던 경호원 둘이 나를 경계의 눈빛으로 쳐다보았다.

이름은 기억나지 않지만, 그가 대치동 저택의 경호 팀장이라는 사실은 잊지 않고 있었다. 초인종을 누를 필요도 없이 그가 정문을 열면서 내게 걸어왔다.

"진욱 씨?"

내 얼굴을 보고 나서야 나를 기억해낸 것 같았다. 택시에 내린 낯선 청년이 그들의 의뢰인임을 알게 되었어도, 그는 썩 좋은 얼굴이 아니었다.

"무슨…… 일 있습니까?"

내 집에 내가 온다는데, 무슨 일이냐니.

하지만 실소가 나오진 않았다.

등 뒤로 아드님이 돌아왔습니다, 라는 경호 팀장의 목소리가 들리고 있었다.

"아들!"

환희에 찬 음성이 맞은편에서 터져 나왔다. 그 소리는 지금껏 들었던 어떤 사자후(獅子吼)보다도, 내 가슴 안으로 더 깊숙이 들어왔다.

어머니…….

어머니가 달려오는 광경에 온몸이 빳빳하게 굳었다. 우뚝 멈춰 선 그대로 무거운 팔을 들어, 야구 모자를 더 깊게 눌러썼다.

"연락도 없이! 무슨 일 있는 건 아니지?·아들 아픈 건 아니지? 응? 응?"

어머니는 작은 손으로 연신 내 몸을 더듬거렸다. 어머니를 안고 싶었으나 내 몸에 배어 있는 피비린내를 들켜버릴까 봐 그럴 수 없었다.

어머니가 야구 모자 안에 감춰진 아들의 얼굴을 확인하려고 할 때, 나도 모르게 어머니의 시선을 피해 고개를 살짝 틀었다.

"엄마가 우리 잘난 아들 얼굴 좀 보자는데 왜?"

이럴 때 나는 어떻게 해야 이 상황을 지나칠 수 있는지 잘 알고 있었다.

"밥…… 주세요. 어머니."

주방으로 들어간 어머니는 영아와 아버지에게 내가 돌아왔다는 사실을 빠르게 알리며 당장 집으로 들어오라고 전했다.

아무렇지 않은 척 노력하지만 아들을 향한 걱정된 마음을 감출 순 없다. 어머니도 당신의 아들이 전과는 다르다는 것을 눈치채고 있었다.

거실장에 장식된 아버지와 어머니의 황혼 결혼식 사진을 바라보며 통화가 끝나길 기다렸다.

"어머니. 밥은 됐어요."

"금방 돼."

"드릴 말이 있어요. 어머니도 지금, 아셔야 할 일이 있습니다."

"벌써 결혼하려고? 엄마하고 니 아버지는 언제든 오케

이……."

억지로 지어낸 어머니의 농담이 분위기를 더 무겁게 만
들었다.

어머니는 말을 채 끝내지 않고 그만두었다. 그러고는
싱크대로 옮기던 도마를 조용히 세워 둔 후에, 내 쪽으로
다가왔다.

"아들. 있잖아. 무슨 얘기든, 우리 아들 밥부터 먹고."

"아버지하고 영아에게 말하기 전에, 어머니 먼저 알고
계세요."

"……해 봐."

어머니는 긴장한 얼굴을 비친 뒤 소파에 앉았다. 나도
맞은편에 앉았다. 부르르 떨리는 어머니의 손끝이 정면의
시야 안으로 들어왔다.

"우리 가족, 미국으로 가는 이야기입니다."

"미국…… 미국……."

어머니가 그 말을 중얼거리며 가슴에 손을 올렸다.

"아들! 난 또 뭐라고. 무슨 일 있는가 하고 놀랐잖아.
니 아버지한테 뭔 말을 못 해. 벌써 말하디? 엄마 미국 간
다고? 걱정 마. 아들이 오지 말라고 하면 안 가. 엄마는
아들 밥이나 잘 챙겨 먹나 해서 걱정돼서 했던 말이었지.
아들 뒷바라지하는 엄마들 많잖아. 엄마라고 못 할까 봐

싫었던 거지, 그렇다고 그게 또 그렇게 비행기 타고 날아
올 일이었어? 엄마 안 그래."

내 결정에 의심이 들었다.

이렇게 평범하게 살아오신 분들이 이 세상에 찾아올 혼
란을 어떻게 생각할지는 둘째 치고, 과연 섬에서 잘 적응
할지부터가 걱정된다.

하지만 결정을 번복하기에는 가족들을 이대로 한국에
두는 것 자체가 너무도 무모하고 무책임한 일이었다.

"어머니."

"그게…… 아냐?"

"우리 가족 전부 미국으로 갈 겁니다. 이유를 묻지 않
고 그렇게 해 주실 수 있으세요?"

"그런 말이 어디 있어. 아들. 죄진 거 있는 건 아니지?
글지?"

"……."

"간다고 쳐도, 언제 가는데?"

"당장 가야 합니다."

"얘가 점점. 가서 어디서 지내고, 또 어떻게 살자고?
그래. 그거. 이민? 하루아침에 그게 돼? 우리 아들, 뼈 빠
지게 공부해서 합격한 사법고시는 어쩌고. 대체 무슨 소
리를 하는지 원."

다른 세상에서 사는 건 어머니가 아니라 나다. 어머니에게는 그게 지극히 현실적인 일이다.

비단 어머니뿐만 아니라 이 세상 사람들의 삶에서 현실적인 것들이, 어느새 내게는 비(非)현실적인 일이 되었다.

이대로는 가족을 설득할 수 없는 게 당연하다.

"그럼 3일만 주세요. 우리 가족에게 꼭 보여 주고 싶은 게 있습니다."

"무슨 일인지 모르겠다."

"3일이면 됩니다. 어머니. 3일만 아……들하고 같이 가 주세요."

"3일만?"

"예. 대신 아버지와 영아에게는 어머니가 전해 주세요."

몸을 일으켰다.

"자, 잠깐! 아직 얘기 안 끝났어."

"짐 싸두세요. 어머니. 3일만입니다. 3일만."

"어디가?"

"신용운…… 회장…… 만나고 오겠습니다."

일성 그룹 본사 회장실에서 사무를 처리하고 있던 건장한 노인은 마주하고 있던 사람들이 일순간에 전부 쓰러져 버리자, 의자를 박차며 자리에서 일어났다.

누구냐!

사방을 쏘아보았던 두 눈이 내게 딱 멈췄다. 그의 동공이 파르르 떨렸다.

"교……주님?"

한국 사회의 병폐(病敗)의 원인이면서, 남은 일생을 이쪽 세상의 본교에 헌신하겠다고 맹세한 인물이 그렇게 말했다.

나는 주위를 쓱 쳐다보았다. 신용운이 내가 그러는 이유를 눈치채고 말했다.

"도청은…… 없습니다."

나와 친밀한 관계를 줄곧 유지해 왔던 그였다. 내가 이전과 다르다는 것을 보자마자 눈치챈 그는 복잡한 심경이 담긴 얼굴로 나를 주시했다.

"3일 후다. 신용운."

"대회에 참석하겠습니다."

"아니. 너는 참석할 것 없다. 여기에 남아 그날을 준비하거라."

"그날이라면……."

테헤란로가 한눈에 들어오는 정면 창으로 몸을 돌리며 입술을 열었다.

"삼 일 후 그날. 본 교주는 세계만인 앞에 설 것이다."

*　　　*　　　*

애초에 누구도 언급하지 않고 있을 뿐이었다.

우리 가족 모두는 한국에서 급히 도망치고 있다는 사실을 알고 있었다. 어머니의 짐 대부분이 옷가지보다는 우리 가족의 추억이 서린 물건들로 채워져 있는 것만 봐도 그랬다.

전세기의 등장에 잠깐이나마 활기가 찾아왔으나, 그것도 그렇게 오래가지는 않았다.

인천 공항으로 향하던 때의 정적이 또다시 감돌기 시작했다. 전세기의 안락한 시트에 앉아 있으면서도 패스트푸드점의 불편한 의자에 오랜 시간 앉아 있던 사람들처럼, 우리 가족 모두는 뻣뻣하고 불편해 보였다.

영아는 분위기를 환기시킬 의도로 그간 있었던 사소한 이야기 몇 가지를 들려주었다. 그러나 그 속삭이는 듯한 긴장된 목소리는 도리어 분위기만 더 무겁게 가중시켰다.

아버지와 어머니의 무언(無言)과, 간간이 나를 확인하는 두 분의 걱정스러운 눈빛에 영아도 어느 순간부터는 입을 닫아버렸다.

피곤한 비행.

JFK에 도착한 후, 가족들의 표정은 한층 더 어두워졌다.

　까다로운 입국 심사 때문만은 아니었다.

　여자의 직감이라는 것이 정말 존재하고 있는지, 두 모녀는 차마 아버지와 내게는 말을 하지 못한 채 본인들끼리만 속닥거렸다.

　우리 가족만 특별 취급당하는 것이야 전세기에서 내렸기 때문이라고 생각할 수는 있다. 그러나 어쩐지 감시를 받는 듯한 기분이 드는지, 두 모녀는 불안해하면서 손을 꼭 잡고 있었다.

　먼저 입국 심사를 마친 아버지께서 한국서부터 따라온 김서연 비서에게 눈치를 줬다. 아버지는 한쪽으로 자리를 옮겨 김서연 비서에게 몇 가지를 묻기 시작했다.

　나는 입국심사관에게 여권을 건네며 먼 쪽의 대화에 귀를 기울였다.

　"김 비서님. 우리 아들에게 무슨 일이 있었던 거죠?"

　"예?"

　"아시잖습니까. 미국에선지, 한국에선지는 모르겠습니다만. 분명 내 자식에게 무슨 일이 있었다는 것만큼은 압니다. 누군들 모르겠습니까. 딱 보면 알죠. 얼굴도 많이

상했지 않습니까. 일성과 관련된 것 같은데, 아닙니까?"

"아버님께서 뭘 걱정하시는지는 이해합니다. 그런데 저는 아는 게 아무것도 없어요."

"회장님께서 평소, 우리 가족에게 많이 신경 써주신 점은 항상 감사하게 생각하고 있습니다. 그런데 그것과 이것은 다르죠. 그렇게 큰 회사를 경영하다 보면 위협이 있을 수도 있습니다만, 그게 우리 같은 평범한 사람들에게까지 미치면 안 되는 겁니다. 자식이 조금 배운 게 있고 회장님과 인연도 있다지만. 우리 가족은 보다시피 평범한 서민입니다. 솔직히 안 무섭겠습니까. 비서님도 가족이 있을 거 아닙니까? 이제는 들려주셔야 합니다. 제게만 이라도."

"아버님……."

"정말 아는 게 조금도 없어요? 진욱이…… 두 달도 안돼서 사람이 완전히 달라졌어요. 원래 저런 아이가 아니었단 말입니다. 알잖아요."

"예. 답답하시고 많이 걱정되시겠지만 조금만 기다려주세요. 저도 알게 되는 대로, 아버님께 말씀드릴게요."

"어디로 가는지는 알고 있죠? 어딥니까."

"……."

"김 비서님. 우리 가족. 어디로 가는 거죠?"

"죄송합니다."

"뭐라도 들려주세요. 부탁드립니다. 김 비서님. 무작정 이렇게 갈 수는 없습니다. 어떤 가장이 그걸 두고 보겠습니까."

"그게…… 회장님께 하신 말씀이라고는……."

"뭐죠?"

"가족분들을 잘 보필하라고 하셨습니다. 그게 전부입니다."

"어떻게 그리 무책임하게. 일성 그룹 때문에 우리 가족에게 무슨 일이 일어난다면…… 가만히 있지만은 않을 겁니다. 그냥 하는 말이 아닙니다. 아시겠어요?"

"아버님. 저는……."

그때쯤, 아무런 내색을 하지 않으려고 노력했던 입국심사관의 업무가 끝났다. 곳곳에서 나와 우리 가족을 지켜보고 있는 요원들의 시선을 느끼며 아버지께 걸어갔다.

아버지는 목청을 가다듬으며, 김서연 비서는 얼굴에 드리워 있던 난색을 지우며 내 쪽으로 몸을 돌렸다.

아버지는 김서연 비서에게 역정 냈지만 내게는 아무 말도 못 하셨다. 그저 주름진 눈썹으로 나를 쳐다보는 게 전부셨다.

작금의 상황이 당혹스럽지 않거나 화가 나지 않으신 것은 아니다. 그저 내가, 당신의 아들이 어려워진 것이시겠지.

어머니와 영아의 입국심사가 끝나고, 위장한 미 정부의 요원들도 동작 버튼이 눌러진 기계처럼 움직이기 시작했다.

예컨대 하와이안 셔츠를 입은 휴가객이 어디론가 연락하는 척을 하며 따라붙고, 노신사는 빈 생수병을 흔들면서 휴지통을 찾듯 움직인다. 그들과 달리 공항 경비원으로 위장한 요원들은 편하게 이어링으로 수신한다.

그러나 그들의 불편한 감시도 헬리콥터로 옮겨 타면서 끝이 났다.

어머니뿐만 아니라 아버지와 영아도 당신들의 아들과 오빠가 당신들을 감옥으로 끌고 가는 간수처럼 느껴지는지, 아니면 나를 가만히 놔두는 것이 당신들의 아들과 오빠를 위한 길이라고 판단한 것인지, 내게 어떤 말도 붙이지 않고 있었다.

김서연 비서와 공항에서 우리를 기다리고 있던 헬리콥터 비행사도 마찬가지였다. 그들 또한 어떤 상황인지 모른 채, 신 회장의 지시대로 내가 안내하는 곳까지 우리 가족을 데리고 가는 게 전부였다.

김서연 비서뿐만 아니라 건장한 비행사마저도 나를 경계하는 것이 분명해서, 헬리콥터 안은 줄곧 팽팽한 긴장감이 감돌았다.

그래도 긴 비행은 사람을 지치게 만드는 법이다.

헬리콥터 소음이 몹시 시끄러운데, 가족 모두는 레돈도 비치로 날아가는 하늘 위에서 잠이 들었다.

지지직.

"H320. H320. 레돈도 22구역으로 회항하라. 여기는 통제 지역이다."

레돈도 비치가 시야에 들어올 무렵. 너무도 형식적이기에 위협적으로 들리는 군인의 음성이 기판 안에서 흘러나왔다.

당황한 헬리콥터 비행사가 뒤로 몸을 틀어 김서연 비서를 쳐다보려 하기에, 나는 비행사에게 팔을 내밀었다. 비행사는 잠깐 망설이는가 싶더니 헤드셋을 기판에 꽂고 내 손에 그것을 쥐어 주었다.

"우리들의 신분 확인은 섬으로 하십시오. 팀 모리슨에게."

그렇게만 말하고 무전을 껐다.

겁을 먹은 비행사가 정말 이대로 비행해도 되겠냐고 몇 번이나 되물어 왔다. 신경질적으로 노려봐주지 않았더라면 남은 100Km 동안 계속 그 잔소리를 들었을 것이다.

"괜찮아. 별일 없을 거야."

그때 뒷좌석에서 김서연 비서의 목소리가 들렸다. 잠에서 깬 영아를 다독거리면서 하는 소리였지만, 마치 본인 스스로에게 하는 소리가 분명했다.

영아와 김서연 비서는 겁을 먹은 와중에도, 헬리콥터 아래에 펼쳐진 광경에서 눈을 떼지 못했다.

백악관뿐만 아니라 레돈도 비치에도 시위대가 몰려 있었고, 미 각주에서 몰려든 기자와 방송국 차량 그리고 그들을 통제하는 군인들로 북새통을 이루고 있었다.

그렇게 한참 날아가 몇 개의 섬을 더 지났다.

한 섬을 중심으로 포위 대형으로 펼쳐진 소형 경비함들의 광경이 보이기 시작됐다.

"오빠…… 저기야?"

영아가 갓 무서운 꿈에서 깨어난 사람처럼 물었다. 악몽을 완전히 떨쳐 버리지 못한 듯, 소름 돋은 어깨를 감쌌다.

"맞아."

내가 대답했다.

그러자 영아의 놀란 감정이 파르르, 파장으로 닿아 왔다.

　　　　　　*　　　　*　　　　*

　영아는 당연하고, 아버지와 어머니 그리고 김서연 비서
도 팀을 알아봤다.

　그러나 먼 나라의 세계적인 배우보다도 연안에 덩그러
니 떠 있는 거대한 항공모함의 존재가 더 크게 다가왔을
것이다.

　항공모함이 시선에 들어온 순간부터 거기에 눈을 떼지
못했던 우리 가족과 김서연 비서는, 팀의 활기찬 인사에
겨우 정신을 차렸다.

　그리고는 지금껏 추정되었던 어떤 위기 상황과는 달리,
아름다운 섬의 광경이 당신들을 맞이하자 꽤나 당황한 기
색이 역력했다.

　하지만 자동화기를 든 용병 셋이 어슬렁거리면서 나타
나자, 긴장한 가족들의 표정이 또다시 내 마음을 무겁게
만들었다.

　팀은 용병 밀튼과 마이크에게 우리를 대회 때문에 먼저
도착한 본교의 신도로 소개했다. 당연하겠지만 용병들은
나를 알아보지 못했다. 그래도 잘 아는 사람과 너무도 똑
같이 닮았다면서 유쾌하게 웃었다.

용병들의 가슴 안에서 흔들리고 있던 자동화기를 바라보고만 있던 우리 가족은 엉겁결에 용병들과 악수와 포옹을 나눴다.

　용병들이 떠난 다음, 내게 설명을 요하는 가족들의 눈빛들이 일순간 쏟아져 들어왔다.

　가족들의 불안한 표정에서 느껴지는 감정과는 상반되게도, 어쨌거나 나는 가족들을 섬으로 데리고 왔다는 사실에 만족했다.

　비로소 시작할 수 있겠구나 싶었다.

　"네가 오잔 대로 왔다."

　아버지께서 말씀하셨다.

　어머니와 영아 심지어 김서연 비서도 당신들에게 닥친 비(非)현실적인 일에 대한 설명을 이번에는 꼭 들어야겠듯이 쳐다봤다.

　경비정에게 포위된 섬.

　호위함 없이 정박해 있는 항공모함.

　화기로 무장한 용병들.

　당신들의 삶에서 결코 생각하려야 생각할 수 없던 것들이 지금 눈앞에 산재해 있었다.

　낙천적이기만 한 팀도 우리 가족의 무거운 분위기에 더 이상 나서지 못하고, 한쪽으로 비켜섰다.

"이틀입니다. 아버지······."

그렇게 말한 다음 팀에게 눈빛으로 지시했다. 우리 가족을 저택으로 안내하고, 본교의 사람들과 인사시켜 주라고 말이다.

영아는 두 분 부모님과는 달리 영어 회화를 어느 정도 했다.

손톱을 질근질근 깨물고 다니며 발에 걸리는 돌멩이 하나, 부딪치는 파도소리에 깜짝깜짝 놀라던 영아는 부모님께 자신이 알아 버린 사실을 말씀드려야 하는지 고민하는 것 같았다.

그러나 현명하게도 부모님께 더는 말씀드리지 않고, 더 많은 사람들과 일부러 대화하고 다녔다. 그러다 기어코 부모님 몰래 나를 조용히 불렀다.

석양이 아름다운 해안에서였다. 영아의 두 눈은 전보다 더 겁에 질려 있었다.

"어떻게······ 우리한테······ 이럴 수 있어."

영아는 울음을 꾹 참아 내는 방법으로, 항공모함을 향해 시선을 고정시켰다.

"여긴 사이비야. 다들 미쳤어. 한 명도 제정신이 아니야. 어떻게 이런 데에 엄마 아빠를 데려올 수 있는 거냐고."

할 수만 있었다면, 영아는 소리쳤을 것이다. 그러나 영아는 악마 숭배 집단의 제단에 올려지는 것이 두려운 나머지, 울음과 목소리를 동시에 삼켜 넘겼다.

"오빠도. 오빠도 무서워. 우리 오빠 아닌 거 같아. 제발 정신 차리면 안 돼? 제발…… 오빠……."

이렇게나 겁에 질려 있는 영아에게 어떻게 말할 수가 있을까?

신이 실존해서 관여하는 세상을.

제3장

인터뷰

　다나 샤론은 파티에 일가견이 있는 만큼, 푸니타와 그
녀의 가족들과 함께 손님을 맞이할 준비에 마지막 박차를
가하고 있었다.

　분주한 저택 앞에서 해안 쪽으로 시선을 옮기면, 그늘
을 찾아 앉은 우리 가족들의 모습이 보인다. 영아는 부모
님 옆에서 억지로 즐거운 미소를 띠며 선의의 거짓말을
하고 있었다.

　그런 영아의 노력 덕분에 아버지와 어머니는 어제보다
많이 안정되어 있었다. 가끔씩 웃음을 보이곤 하셨으니
까.

그렇다고 해도 이 섬에 우리 가족이 있는 광경은 상반된 두 개의 이미지를 합성시켜 놓은 것만큼이나 여전히 부자연스러웠다.

하지만 이 세상 안에서 내 곁 이상으로 안전한 곳이 없는 만큼, 내 결정에 후회하지 않았다. 설사 후회가 들라치면 내가 상상할 수 있는 최악을 떠올렸다.

그것은 드래곤이 내게 보여 줬던 환상이 될 수도 있었고, 내 나름대로 생각해 본 혼란스러운 미래가 될 수도 있었다.

대회를 하루 남겨 두고.

정오 무렵부터 본교의 교도들이 속속 도착하기 시작했다.

팀과 알렉스도 그네들의 가족을 배웅하기 위해 섬을 비운지라, 그들을 맞이하는 일은 순전히 다나 샤론의 차지가 되었다.

우리 가족 다음으로 섬에 들어온 교도는 스릴러 영화에서 자주 보이는 중년의 흑인 배우였다.

보트에서 내린 그는 우리 가족이 그랬던 것처럼, 항공모함에서 두 눈을 떼지 못했다. 그는 파도에 발이 흠뻑 젖으면서도 바닷물에서 나오지 않았다. 비현실적인 광경에 시선을 빼앗겼다.

호위함 없이 연안에 정박해 있는 그 거대한 선체는, 기존의 상식으로는 설명할 수 없는 많은 것들을 말해 주고 있었다.

다나 샤론은 중년의 교도를 이해했다. 그래서 그가 준비가 될 때까지 내버려 두기로 했던 것 같았는데 아무리 기다려도 움직일 생각이 전혀 없어 보이자, 결국 스크린 안에서처럼 매혹적으로 웃으며 말했다.

"들어오는 길은 어땠어요? 대단했죠?"

"찍……혔을 텐데?"

"찍어도 소용없죠."

"왜?"

"금지 명령(합동훈련으로 가장한 전투와 본교에 대한 정보를 공개하지 못하도록 한 긴급 명령)이 있었어요."

"하긴. 그 소문이 사실일 테니까……."

그제야 그는 다나 샤론의 손에 이끌려 바닷물에서 나왔다.

항공모함을 본 이들의 반응은 제각기 달랐다.

그처럼 심각하게 받아들이는 교도가 있는가 하면, 흥분을 주체 못 해서 다나 샤론을 껴안고 놓아주지 않는 교도들도 많았다.

다나 샤론은 헬리콥터와 보트에서 내리는 본교의 교도

들을 한 명 한 명 응대하고 회합장으로 안내했다. 그렇게 저택 앞은 파티의 형식이 완성되고, 섬 전체에 감돌던 전운(戰雲)도 활기에 묻혀 사그라지기 시작했다.

총을 든 사람들 대신, 세련되고 화려한 사람들이 섬을 채웠다.

부쩍 달라진 섬의 분위기에 우리 가족들의 표정도 한결 좋아졌다.

영화에서 보던 외국 배우들이 친근함을 표시하며 인사를 건네 올 때면 우리 가족은 그 영화에 나왔던 그 사람 맞지?, 하며 잠깐이나마 긴장을 푸는 듯 보였다.

하지만 실상은 서로가 서로를 위해 억지로 아무렇지 않은 척을 하고 있는 것에 불과했다.

이 섬의 정체를 어느 정도 느껴버린 부모님이나, 이미 제대로 알고 있는 영아는 한 번 깔고 앉은 자리에서 결코 움직이는 법이 없었다.

낯선 곳에 떨어진 고양이 가족과 다름없는 우리 가족의 모습에 계속 신경이 가는 것은 어쩔 수 없는 일이나, 이제 하루만 지나면 되는 일이었다.

하루만.

얼핏 느껴지는 분위기는 고양되고 즐거워 보인다. 하지

만 눈썰미가 있는 자라면 그 안에 숨어 있는 무거운 감정들을 느낄 만했다.

그래서 그런 이들은 그렇지 못한 이들과는 달리, 걱정스러운 표정을 감추지 못하고 있었다.

"참석하지 않은 자들이 많습니다. 스승님."

알렉스가 창밖을 바라보며 말했다.

참석하지 않은 자들을 떠올리고 있는 알렉스의 눈은 벌써 무정했으며, 징벌을 말하고 있었다.

내 생각도 다르지 않았다.

본교의 총원은 정확히 523명이다. 참석률이 낮을 거라고 예상은 하고 있었다.

하지만 40%에도 못 미치는 참석률이라니.

세간의 관심이 본교에 집중되어 있는데다가, 교도들 대부분은 언론에 민감한 공인들이며 이룬 것과 가진 것이 많은 이들이라고는 해도…….

그쯤에서 생각을 접어 버렸다.

제 스스로 천운(天運)을 걷어차고 목숨을 던져 버린 그것들을 비웃으면 되는 일이지, 더 깊게 생각할 이유가 없었다.

"대회가 끝나면."

"예."

"배교도를 전부 제거하고 경전을 회수하라."

스스로를 본교의 청소부로 불러 달라고 했던 알렉스였으나, 300명이 넘는 인원을 전부 제거하라는 말에 잠깐 멈칫했다.

알렉스에게 실망하려던 것도 잠깐, 알렉스의 눈에 서린 환희를 발견했다.

그가 멈칫했던 이유는 그 인원 전부를 죽이라는 명령 때문이 아니라, 지금껏 그가 기다려왔던 어떤 순간을 맞이했기 때문이었다. 알렉스는 진심으로 감격하고 있었다.

알렉스가 가진 도덕적 행위의 규준(規準)은, 그가 그의 신과 마주한 순간에 이 세상의 통상적인 윤리를 벗어났다.

이는 저쪽 세상의 교도들이 내게 바치는 충성과는 성격이 다르다. 그리고 알렉스의 그러한 변화는 이 세상에서 내가 가지는 힘의 반증이자, 곧 이 세상의 미래였다.

"알렉스."

"예. 스승님."

"너는 본교가 준비될 때까지 좀 더 비밀스러워져야 한다고 했었지?"

"그것은…… 본교가 드러나기 전이었습니다. 하지만 정부가 본교를 알고 말았습니다."

"미 정부가 본교를 알게 된 것과는 상관없는 일이다. 본교는 진작에 세계 앞에 나타났어야 했었다. 본교가 만들 수 있는 변화를 잘 알고 있으면서도, 방관하고 있었지."

알렉스는 내가 무슨 생각을 품고 있는지 눈치챘다. 그래서 죽음을 앞에 둔 자보다 더 비장한 얼굴로, 내 말에 집중했다.

나는 이 세상에 드리울 혼란을 두려워했었다.

이제 와서 돌이켜 보면, 이쪽 세상을 저쪽 세상보다 가치 선상에서 우위에 두는 편협한 생각 때문임을 부정할 수 없다.

그랬다면 더 더욱이 내가 만들 수 있는 변화를 방관하지 않고, 실행에 옮겼어야 했다.

내가 가지는 파급력은 저쪽 세상에 있을 때보다 이쪽 세상에 있을 때 더 월등하지 않은가.

초자연적인 산물에 노출된 적이 없던 세상이기에, 예컨대 간단한 손짓과 짧은 몇 마디 말만으로도 나는 많은 변화를 이뤄낼 수 있다.

알렉스에게 몇 가지를 지시하고, 해가 저물 때까지 기다렸다.

"팀에게 대회의 시작을 알려라."

그날 밤.

교도들 그리고 우리 가족들 또한 팀의 친절한 미소에 이끌려 저택 앞의 대형 스크린 쪽에 모였다.

개회식 따위는 필요 없었다. 스크린 안에 펼쳐진 광경에 그네들 스스로 이곳에 모이게 된 이유를 알게 될 것이니 말이다.

알렉스가 아래에서 창가에 선 나를 올려다보았다.

고개를 끄덕이는 것으로 신호를 줬다. 알렉스가 리모컨을 조작했다. 마침 한 방송국에서 방송 중이던 유명 버라이어티쇼가 스크린에 떴다.

모든 방송이 긴급 뉴스로 바뀔 것을 모르는 교도들이 의아한 표정을 짓는 광경을 마지막으로.

공간의 압력에 몸을 맡겼다.

*   *   *

제일 먼저, 휘황찬란한 전광판들의 빛들이 나를 맞이했다.

하늘에 닿을 듯 높게 선 전광판 끝을 밟고 섰다.

이날도 전 세계에서 몰려든 관광객들이 뉴욕 거리에 들끓고 있었으며, 도로는 노란 택시들로 가득했다.

세계 유명 기업들의 로고가 경쟁적으로 번쩍거리는 가운데, 인파(人波)는 그 빛들을 헤치고 나가며 웃고 떠들었다.

뉴욕 타임스퀘어의 번화한 거리.

평범하기 그지없는 그 위 창공으로 첫 발걸음을 뗐다.

단전에서부터 치밀어 오르는 십이양공의 기운은 붉은 아지랑이로 외형을 갖췄다. 한 걸음씩 허공을 밟으며 내려갈 때마다, 전신을 감싼 기운이 사방으로 가지처럼 뻗어 나갔다.

사람들은 빌딩 숲 사이에 불타고 있는 붉은 광채(光彩)를 향해 고개를 들었다.

그리고 내가 사람이란 것을 확신하고 말았을 때.

"와아아아!"

그들 모두가 환호성을 지르며 박수를 쳤다.

이 세상의 사람들은 그네들의 눈앞에서 펼쳐지고 있는 비현실을, 그네들의 상식선에서 이해하려는 것 같았다. 이를테면 뉴욕시에서 관광객과 뉴욕 시민들을 위해 준비한 특급 이벤트 같은 것으로.

쏴아악!

억제하고 있던 힘을 개방했다.

그러자 그토록 시끄러웠던 환호성이 출렁거리는 붉은

물결 속으로 사라져 버렸다.

사람들의 몸도 일순간 쑥 꺼졌다.

선천진기든 후천지기든 수련해 본 적이 없던 사람들뿐이라, 힘이 미치는 거리가 더 넓고 사람들의 반응 또한 빨랐다.

이제 누구도 나를 향해 핸드폰을 들어 올릴 수 없었다.

이제 누구도 나를 향해 엄지손가락을 치켜세울 수 없었다.

그들 모두는 거리 한복판에 무릎이 꿇렸다.

빠아아앙.

환호성 대신 자동차들의 경적 소리가 시끄럽게 울려 댔다.

택시 기사든, 퇴근길의 뉴욕 시민이든, 운전석에서 나오는 순간 그네들이 당황스럽게 바라보던 사람들과 똑같은 꼴이 되었다.

또한 아직도 운전자가 탑승해 있는 차량들은 수직으로 떠오르기 시작했다. 그 사이사이로, 인파와 차량들을 더듬고 지나가는 듯한 붉은 아지랑이가 있었다.

그토록 거리를 화려하게 빛냈던 전광판이 동시에 나가 버렸다.

자동차의 라이트도 어둠에 삼켜지고, 사람들의 손에 들

려 있던 핸드폰도 바람 한 점 없이 어디론가 날아가 처박
혔다.

발광체(發光體)는 오로지 나뿐이었다.

오로지 나만 붉게 빛났다.

*   *   *

〈리차드 청이 입수한 클레이튼 쿠퍼의 기록〉

#1

알란 티머슨은 브로드웨이와 타임스퀘어를 오가며,
여행객을 상대로 본인의 예술 작품을 판매하는 거리 상
인이다.

그와 인터뷰를 시도하였을 때, 그는 긴 다리를 쭉 뻗
은 채 붉은색 스프레이 페인트를 들고 고민하고 있었
다. 도화지 안에 담긴 타임스퀘어의 밤거리를 본 나는,
그가 그날 보았던 광경을 표현하기 위해 고심하고 있다
는 것을 알 수 있었다.

A : 적당한 말이 없으니, '그분'이라고 부릅시다. 다들

그러니.

(그는 도화지 속의 빌딩 사이에 붉은색 스프레이 페인트를 뿌린 후 얼굴을 구겼다. 그가 원하는 대로 표현이 되지 않았던 것 같은데, 그는 거기에 20$라고 명시된 스티커를 붙이고 좌판 앞에 내려놓았다.)

'그분'이라고 한다는 것은 우리 같은 사람이라고 느꼈던 것입니까?

A : 매번 이런 식이지. 당신들은 내 생각을 듣고 싶어 하면서도, 당신네들 생각은 말하지 않는다니까. 하지만 그게 당신들의 본업이니 뭐라고 하지는 않겠소. 당신도 내 본업을 존중할 거 아니요?

'그분'의 정체를 두고 의견이 분분한 것은 알겠지만, 다른 사람도 아니고 내가 뭐라고 대답할지는 당신도 잘 알 거요.

그날, '그분'과 직접적으로 접촉한 사람은 선생님이 유일했습니다.

A : 맞소. 그래서 검은 양복을 입은 사내들에게 끌려갔

다 왔지. '그분'을 섬기는 신도들이 성명을 발표하지 않았더라면, 나는 지금까지도 '그분'이 외계인이고 나를 끌고 간 정부 요원들을 MIB로 생각했을 거요. 어쨌거나 '그분'이 왜 나를 살피셨을지는…… 설마 경쟁사의 인터뷰는 보지도 않는 거요?

봤습니다.

A : 뭘 특별한 것을 바랐는지 모르겠지만, 나는 거기서 다 말했소.

그래도 선생님께 직접 듣고 싶었습니다.

A : (그는 잠시 고민하며 내 얼굴을 유심히 봤다.)
'그분'이 보시기에도 이 나이 먹은 흑인이 참 딱했던 거요.
여자 하나 꿰찬 젊은 것들은 거들먹거리기만 하고, 돈 많은 아시안들은 사진만 찍지 정작 내 작품을 조금도 사지 않았단 말이오. 생각해 보면 진작 낡은 휠체어를 버리고, 피카츄? 뭐 그런 이름의 일본 쥐새끼 탈 하나 훔쳐 써서 바닥에 굴러다니는 것이, 생계에 더 도움이 됐을 거란 말이오.

그러면서도 자존심은 버릴 수 없어서, 매일 불만에 가득 차 있었소. 아마도 다리가 불편하지 않았더라면, 약쟁이가 조언이랍시고 녹색 페인트를 온몸에 뿌려 헐크 흉내를 내는 게 낫다며 조롱하였을 때, 나는 놈을 죽여 버렸을 거요. 말했던가. 일본 쥐새끼 탈 쓰고 구걸하는 게 낫다고 나를 조롱했던 것도 바로 그놈이었다오.

어쨌든 한참 동안 하늘에 계셨던 '그분'이 내 앞으로 내려섰을 때, 그런 느낌은 난생처음이었소. 소싯적에 약을 했던 적이 있었지. 사고를 당하지 않았더라면, 그래서 밥벌이라도 하면서 살고 있었다면 지금까지 약에서 벗어나지 못했을 거요. 약을 끊는 제일 좋은 방법이 바로 그거요. 가난과 장애.

왜 이런 말을 하는가 하면 엑스터시를 할 때면 나는 다른 놈들과는 다르게 온몸이 경직되곤 했었단 말이오. 맞고 묶이면서 흥분하는 변태들이 그냥 생기는 게 아니더군. 다 이유가 있었소. 엑스터시가 내 몸을 경직시킬 때면 죽음과 삶의 중간에서 사상 최고의 쾌락을 느꼈지. 경직되면 경직될수록 쾌락이 커져갔소. 경직되기 대회가 있다면 나는 챔피언이 됐을 거요.

그런데 '그분'이 내 앞에 내려섰을 때, 경직되었던 몸

이 더 경직되었소. 약을 했을 때와는 차원이 다른 경직이
었소.

그래서 성적 흥분을 느꼈습니까?

A : 아니요.
(그는 나를 한심하다는 듯이 쳐다봤다.)

안타깝게도 '그분'이 선생님의 다리를 고쳤을 때에는
중계 차량이 도착하지 않았을 때였습니다.

A : 당연하지. '그분'은 나를 고치고 백악관으로 가셨
소, 그 사실을 나중에 풀려나고 나서야 뉴스를 통해 알 수
있었소. 그러나 여기에 있었던 일이 찍히지 않았다고 해
서, 누가 나를 거짓말쟁이로 손가락질하겠소.
십 년 전, 의사들은 내 두 다리를 가져가는 것으로 모자
라 내 팬티에 숨겨 뒀던 돈까지 긁어갔소. 그러니 그 잘난
의료기록이나 찾아보고 말하시오.
그리고 내가 한 인터뷰를 봤다면 당시에 내 좌판에서
얼쩡거렸던 두 젊은 것의 인터뷰도 봤을 거요.

중국에서 온 관광객이었죠. "불쌍한 상인의 두 다리를 자라나게 했어요."라고 했었습니다.

A : 씨팔. 불쌍한 상인이라니. 30분 동안 사진만 찍어 대던 것들이 할 소리는 분명 아니었소. 지갑을 꺼내야 할 손에 장애가 있었는지는 몰라도, 눈은 아니었던지 '그분' 께서 기적을 행하실 때 그 전부를 보고 있었지.

여기서 웃긴 게 뭔지 아시오? 당신 같은 기자 양반들은 그 기적을 고쳤다고만 표현하고, 그 젊은 것들은 자라나게 했다고만 표현해 버리지.

틀렸소. '그분' 께선 내 다리를 만드신 거요. 당사자인 내가 누구보다 잘 알지.

정부에 구금되었었다고 주장하신 점에 대해 자세히 듣고 싶습니다.

A : 주장이 아니요. 기자 양반도 지금은 알고 있겠지만, 정부는 나 같은 사람들을 진작에 조사하고 있었소. 그 시설에서 내가 누굴 봤는지 아시오? 콜린 파머.

(거기서 그는 말실수를 하고 만 것인지, 당황한 기색이 역력했다.)

영화배우, 콜린 파머 말입니까?

A : 못 들은 거로 하시오.

예. 선생님을 구금하였던 정부 시설은 어떤 곳이었습니까?

A : 나를 그곳에 끌고 간 정부 요원은 영락없이 심슨 같이 생겼었소. 그러니까 심슨이라고 부르겠소. 심슨이 나를 태우자마자 안대를 씌우려기에, 나는 내 권리에 대해 주장했소. 그런데 심슨은 애국법에 대해 들먹이더군. 내 보니까 기자 양반도 언젠가는 그 시설에 갈 것 같아 조언 하나 해 주겠소. 정부에서 애국법을 들이댈 때면, 항문을 깔 마음의 준비를 해두시오. 당신이 게이든 아니든 말이오.

명백히 말하자면, 나는 시설 안에서 의학적인 조사를 받았소. '그분' 께서 주신 다리를 그곳의 의사들이 다시 잘라 낼까 봐 얼마나 두려웠는지 모르오. 그런데 의사들은 다리뿐만 아니라 내 몸 구석구석을 조사했었소. DNA를 채취하고, 피를 뽑는 것뿐만 아니라 실리콘밸리의 젊은 부자들이 제 복제 인간을 만들어 둘 것만 같은 어마어마한 의료 기구에도 몇 시간이나 집어넣어졌소.

그곳의 의사들은 전부 심각했소. 총을 든 정부 요원들이 유리창 너머에서 왔다 갔다 하고 있었던 것뿐만 아니라, 내게 일어난 기적을 그들의 뛰어난 머리와 지식으로도 설명할 수 없었기 때문이었소.

나를 두고 전문 용어로 회의를 하던 그들은 간신히 어떤 답을 만들어 냈던 것 같은데, 무식한 나도 느끼겠더이다.

그들은 정부에 보이기 위해서, 있지도 않은 답을 만들어 냈던 것 같소.

전문 용어는 무엇이었습니까?

A : 내가 염병할 의사도 아니고 그걸 어떻게 다 기억하겠소.

그래도 풀려나긴 하셨군요. 다행입니다.

A : '그분'을 섬기는 신도들이 성명을 발표했기 때문이었을 거요. 그들이 말하는 적대적 행위에 나와 같은 사람

들을 조사하는 것도 포함되어 있으니 말이오. 성명이 없었더라면 나는 늙어 죽을 때까지 그 시설에서 풀려나지 않았을 거요. 분명히.

기자 양반. 다시 말하는데 나 같은 사람들을 이렇게 계속 쫓아다니다 보면 기자 양반도 결국 그 시설에서 항문을 까게 될 거요.

그 조치는 일시적이었던 거지, 정부가 어떤 곳인데 포기하겠소?

하지만 선생님은 두려워하지 않으시는 것 같습니다. 보란 듯이 다시 거리에 나와, 청하는 인터뷰 전부에 응하고 있지 않습니까. 그 용기에 감사드립니다.

A : 잡아가라면 다시 잡아가라지. 무엇도 두렵지 않소. 떨고 있는 건 내가 아니라 정부와 세계의 잘난 인사들이겠지.

이후 계획은 어떻게 되십니까?

A : '그분'을 섬기는 신도들과 같이, 아니 나도 '그분'을 섬기는 일원으로 세계 평화에 도움이 되기 위해 할 수

있는 일을 할 거요. 나이 든 흑인 중에서 그 일을 위해 루터킹 목사가 해야만 했던 일이 있었듯, 나는 무엇을 해야만 하는지 고민했었소.

그러니까 당신은 내 작품을 사야 하는 거요.

#2

자신을 '김'이라고만 불러 달라고 한 한국인 사내는 '그날' 이튿날에 증권가에 벌어진 소동의 중심에 있었던 인물 중의 한 사람이다. 나는 그의 요청에 따라 녹음을 하지 않기로 하고, 인터뷰를 진행할 수 있었다.

K : 솔직히 말해서 본사에서 그 일이 내려왔을 때, 저는 일성이 영화에서나 나올 법한 이야기로 자멸에 치닫는구나 싶었습니다. 그룹 내에서 벌어지고 있는 왕자들의 전쟁을 떠올릴 수밖에 없었습니다. 본사의 투자 명령은 왕좌를 차지하고 만 왕자가 복수의 감정으로 아버지가 세운 왕국을 제 손으로 무너트리려는 이야기로밖에 설명되지 않았습니다.

그만큼이나 본사에서 급행시킨 옵션 투자는, 너무도 충동적일 뿐만 아니라 전례를 찾아볼 수 없을 만큼 엄청난 규모였습니다. 단 한 번의 도박에 일성 그룹 전체의 사운이 걸려 있었죠.

사실 일성에 재직 중이자 한국 국민으로서 치부를 밝히는 꼴밖에 되지 않지만, 우리나라의 기업 환경과 구도는 당신들이 일반적으로 생각하는 것들과 크게 다르다는 점을 짚고 넘어갈 수밖에 없습니다.

그 비정상적인 구조 안에서 만들어지고만, 자본주의를 빙자해 세워진 봉건 왕국이 어떤 것인지 당신은 상상조차 할 수 없을 거란 말입니다. 그러한 사실들을 이해하고 있어야만 제가 본사의 투자 명령을 받았을 때 받았던 충격을 조금이나마 이해할 수 있을 것입니다.

한국의 기업들이 '재벌'이라 명칭된 이유를 알고 있습니다.

K : 그럼 아시겠군요. 김정은이나 리콴유가 스스로 권좌에서 물러나는 것을 상상해 보신 적이 있으십니까? 아니 물러날 뿐만 아니라 이룩한 모든 것을 불쏘시개로 쓰는 상황을 말입니다. 제게는 본사의 투자 명령이 딱 그러했습니다.

선생님께서는 일성의 옵션 투자가 실패할 것이라고 생각하셨군요.

K : (그는 아무 말 없이 실실 웃었다.)

좀 더 자세히 말씀해 주실 수 있으십니까?

K : 일성 그룹의 사내 유보금은 3500억 달러쯤 됩니다.
(그는 찌푸려진 내 얼굴을 보고, 역시나 그럴 줄 알았다는 듯이 고개를 끄덕였다.)
정확한 액수를 말씀드릴 수는 없지만, 3500억 달러는 투자금이라고 확인된 금액에 비하면 아무것도 아니었습니다. 설사 금액의 규모를 떠나서도, 투명한 경로로 예치되었기 때문에 회장 일가의 비자금이나 정치권의 어떤 검은 돈이라고 생각할 수 없었습니다. 그 상황에서 저와 동료들이 내릴 수 있는 판단은 단 하나뿐이었습니다. 무엇이었겠습니까.

큰 이자를 물고 그룹 전체를 담보로 잡았다는 것이겠군요.

K : 맞습니다. 그렇게 천문학적인 규모의 금액을 거래
할 수 있는 곳은 세계적으로도 한정되어 있습니다. 캐내
고자 하면 어떻게 된 것인지 알 수 있었을 것입니다.

하지만 그래 봤자 달라지는 것은 없어서, 저와 동료들
은 윗선의 지시대로 옵션 투자를 진행해야만 했습니다.
그러면서 우리는 회사가 도산 처리된 후를 걱정했습니다.
이 시장은 생각하시는 것보다 좁습니다. 퇴직금은 고사하
고 과연 일성을 침몰시킨 항해사들을 써 줄 회사가 있을
까, 그러는 한편 일성이 사라진 우리나라의 미래도 궁금
해서, 결전의 날까지 밤잠을 이룰 수 없었습니다.

하지만 엄청난 성과를 얻으셨습니다.

K : 이 시국에 그걸 언급하는 사람은 당신밖에 없을 겁
니다. 본사가 그때 얻은 막대한 수익금으로 우리나라에서
어떤 사업들을 벌이고 있는지, 심지어 우리나라 사람들조
차 관심이 없지요.

'그분'이 메인을 차지하고 있는 것은 포춘(fortune)지뿐
만이 아닙니다. 우리나라의 모든 일간지도 전부 '그분'만
을 다루고 있습니다.

#3

콜린 파머는 요새를 방불케 하는 콜로라도의 저택에 머물고 있었다. 그는 무장 경호원들의 보호 속에서도 불안에 떨고 있었다.

그를 영화계에서 남성 섹스심벌로 자리 잡게 만든 푸른 눈과 금발은, 더 이상 매력적으로 보이지 않았다. 눈은 약에서 갓 깬 것 같고 금발은 거리의 부랑자들과 다름없이 너저분했다. 전반적으로 기력이 없는 모습이었는데, 그래도 권총을 쥐고 있는 손만큼은 힘이 바짝 들어가 있었다.

인터뷰는 창문 하나 없는 콘크리트 방 안 그리고 무장 경호원들의 감시 속에서 진행됐다.

C : 그녀는 침대 위에서 죽고 싶어 안달이 난 여자였어. 내 위에 올라탄 상태에서도 끊임없이 하얀 분말을 흡입했지. 그렇게 자신을 죽이지 못해서 환장한 여자와 섹스를 해 본 사람들은 알 거야. 무서우면서도 무척이나 새로워서, 마치 나는 B급 영화의 주인공이 된 듯한 기분이었거든. 그러니까 그녀가 내 배 위에서 정신을 잃어버린 것은

그렇게 특별난 일도 아니었어. 당시야 정말 죽은 줄 알고 놀라서 팔짝 뛰었지만.

　지금도 그 쪼그마한 가정부의 이름을 기억하고 있어. 다나 샤론은 만약 자신이 정신을 잃으면 푸니타에게 연락하라고 했거든. 그게 마지막이었어. 한 번이면 족했지 두 번은 감당할 자신이 없었거든. 그리고 신경 껐었는데, 그녀가 나를 찾은 건 그로부터 3년쯤 지났던 날이었어.

　다나 샤론, 혈마교의 대변인을 말하는 거지요?

　C : 3년 만에 만난 그녀는 뭐랄까 빛이 났다고 하는 게 맞을 거야. 아니 그것만으로는 부족해. 스크린 안에서였다면 그녀의 뒤에 CG 처리된 아기 천사들이 성스러운 나팔을 불고 있었을 거야. 그래서 갔던 거야. 혈마교의 입교식에.

　하지만 선생님께서는…….

　C : 그래. 지금은 도망쳐 버리게 된 것이지만.

　도망쳐 버렸다고요? '그날'이 있기 전에, 혈마교의 신도들은 입교식에서 '그분'을 먼저 뵙고 신비한 경험을 했었다고 들었습니다.

(그는 권총을 쥔 손으로 머리를 박박 긁었다. 나는 그 동작에 너무 힘이 실린 것이 아닌지, 그가 걱정되었다.)

C : 선생은 '그분'에게 선택을 받았음에도 불구하고 도망친 내가 이해가 되지 않는다는 거잖아?

예?

C : '그분'이 맨하탄에서 앉은뱅이를 일으켜 세우고, 워싱턴의 카메라 앞에서 CHINKY! TERRORIST! PAKI! NIGGER! 따위까지 변신하실 줄 알았겠냐고.

(그는 인종차별적인 단어를 서슴없이 내뱉으며 갑자기 열을 냈다.)

입교식 때까지만 해도 그런 건 없었어. 그렇게 비밀스럽게 진행되었던 것은 뭐고, 갑자기 세상 앞에 나타나기로 마음을 바꾼 건 또 뭐야. '그분'이 나를 헷갈리게만 하지 않았어도 레돈도 비치에서 보트를 돌리는 일은 없었을 거야. 알아? 나야말로 환장하겠어.

헷갈리셨다고요?

　C : 지금이니까 그런 말을 할 수 있는 거야. 선생이 알고 있는 대로 나는 입교식에서 신비스러운 경험을 했어. 그래. 했다고. 하지만 입교식은 정말 비밀리에 밀실에서 치러졌어. 입교식 당시에는 내가 선택받은 사람이라는 기분에 희열을 느꼈지만, 집에 와서 하루하루 지나다 보니까 또 그게 아닌 거야. 왜 그런 것 있잖아. 마술, 최면, 신경성 약물. 뭐라고 불러도 좋아. 그 비슷한 것에 의한 결과물을 의심할 수밖에 없었어. 사이비 종교라는 게 사람을 그런 식으로 현혹시키잖아.

　하지만 거짓이 아니었습니다.

　C : 지금이니까 그런 이성적인 말을 할 수 있는 거라고.
　(그가 화를 내면서 책상 서랍에서 종이 한 장을 꺼내 내게 내밀었다. 종이 안에는 유명 배우와 감독들의 이름이 적혀 있었다.)
　그날의 대회에 참석하지 않은 사람들이야. 특히 크리스 리와 오손, 이 두 감독은 선생도 알아주는 사람들이잖아. 그들은 아예 레돈도 비치 근처에는 가지도 않았다고. 나만 그랬던 것이 아니란 말이야. 알겠어?

그날의 대회에 참석하지 않은 사람들을 보면 대개가, 선생이 엄지손가락을 치켜세웠던 사람들이야. 그리고 그들이 어떻게 됐는 줄 알아? 뒤졌어.

혈마교는 선생이나 사람들이 생각하는 그런 평화주의자들이 아니야. 내가 인터뷰에 응한 이유는 그걸 폭로하기 위해서라고. 그러니까 거기에 대해서 물어. 헛다리짚지 말고.

이 명단에 적힌 사람들 전부가 살해당했거나 살해당할 거라고 주장하시는 것입니까?

C : 알렉스 산토르.

놈을 조사해 봐. 선생이 과연 해낼 수 있을지 모르겠지만……

(순간 밖에서 들어온 경호원이 그의 귀에 대고 속삭였다. 사색이 되어 버린 그가 밖으로 뛰쳐나가 버리면서, 인터뷰는 계속 진행될 수 없는 상황이었다. 밖에서 총소리가 들렸다. 단발성이 아닌 걸로 봐서는 자동 소총에서 나는 소리였다. "당장 꺼져! 여긴 내 쉘터야.", 다시 들어온 그는 공포에 질려 있었다. 무장경호원들에 의해 강제로 내 차에 태워지기까지 자동 소총 소리가

계속 들렸다. 나는 운전하고 나오면서 당국에 신고했다. 그리고
그날 저녁 당국에 확인 차 연락하였으나, 그런 신고가 접수된
것이 없다는 대답을 들었다.)

#4

미모의 여성. 바바라 스미스는 신당 창당을 준비하고
있는 일원 중의 한 명이다. "어서 오세요. 기다리고 있
었어요." 하버드 억양이었으나 잘난 체처럼 들리지 않
은 것은 아마도 밝은 그녀의 미소 때문인 것 같았다. 내
가 사무실의 벽에 걸린 당기를 바라보자 (신당의 당기는
혈마교의 신도들이 성명을 발표할 때 보였던 문장과 닮아 있
었다), 그녀는 신당이 '그분'의 신도들로부터 인가 받
았다면서 눈동자를 빛냈다.

B : 권력가들은 부정하고 싶겠죠. 아직까지 코드 301
에 관한 금지 명령을 해지하지 않고 있는 것만 봐도 그래
요. 미합중국이 패전했다는 사실은 더 이상 비밀이 아닌
데도 말이죠. 감추고 싶은 입장은 이해해요. 정부가 신의
사도들에게 폭격을 시도했다는 걸 대중들이 알면, 나올
소리는 뻔하죠.

신당 창당은 윗선과 이야기가 끝난 건가요?

B : 윗선은 어디를 말하는 거죠? 정부를 말하는 것이라면, 우리는 그들이 수정한 헌법의 권리대로 주장하고 있는 거예요.

헌법은 다시 수정될 것으로 보입니다.

B : (그녀는 오히려 밝게 웃었다) 정부는 신당 창당을 막을 수 없어요. 자세히 밝힐 수 없는 일들이 진행되고 있으니까요. 다음 인터뷰는 아마도 신당 창설 이후가 되겠죠.

신당이 결국 신 근본주의의 시작이 될 수밖에 없다고 우려하는 목소리가 높습니다.

B : 신 근본주의를 처음 언급한 사람이 누구죠?

로 케리……인 것 같군요.

B : 알겠죠? (공화당 정치가인 로 케리는 캘리포니아주 하

원 의원이자 하원 외교위원회장을 역임하고 있다.) 로 케리는 94년 깅그리치 혁명의 수혜자죠. 그는 국민들의 열기가 만드는 변화를 온몸으로 체감한 사람이에요. 국민들의 열기가 정국을 어떻게 이끌어 가는지, 너무나도 잘 알기에 신당 비판의 일선에 선 거지요. 하지만 그게 그의 정치 생명을 끊게 되겠죠.

신당이 창당되면 공화민주 양당 체제가 위태로워질 거라는 사실에는 이견이 없습니다.

B : '그분' 께서는 "내가 신이다!"라고는 하지 않으셨죠. 물론 여러 인종의 모습으로 변모하셔서, 간접적으로 세계 만인을 포용할 거라는 뜻을 밝히시기는 하셨죠.

물론 '그분' 이 초능력을 가지게 된 인간인지, 꾸준히 우리를 지켜보고 있었던 외계인인지, 정말로 인간의 모습으로 나타난 신인지, 그게 중요하지 않다는 건 아니에요. 하지만 그보다 앞서 제가 말하고 싶은 것은 우리 인류가 그날을 기점으로 변화의 시대를 맞이했다는 거예요.

정치계도 시대의 흐름을 피해갈 수 없는 거지요. 내일이면 더 분명해지겠죠.

그럼 신당과 혈마교의 차이는 무엇입니까? 결국 신당은 '그분'의 뜻을 정치적으로 이행하는 것에 불과한 것으로 보입니다.

B : '그분'의 뜻을 정치적으로 이행할 정당이 필요하지 않다는 말인가요? 내일은 '그분'이 워싱턴에서 전 세계를 향해 경고를 한 그날로부터 정확히 열흘째 되는 날이자 통보된 마지막 날이에요. 내일 '그분'께서 무엇을 하실지는 오로지 '그분'께서만 아시겠지만, 아마도 끊이지 않는 전쟁을 끝내기 위해 뭔가를 하실 거라는 것을 믿어 의심치 않아요. 인류가 선 이래로 계속되어온 전쟁이 한날한시에 끝나지는 않겠죠.

다만 '그분'이 경고하신 대로 뭔가를 하실 테고, 그분을 정치적으로 후원해야 할 집단이 꼭 필요하다는 것만큼은 확실하다는 거죠.

벌써 내일이군요.

B : '그분'의 경고를 무시한 전쟁꾼들이 어떻게 될지 두고 보세요.

제4장

세계 평화

　늙은 흑인은 자라난 제 두 다리를 더듬거렸다. 그러
고는 경이의 눈으로 나를 바라보며 물었다.

　"신……이십니까?"

　절대 필연적 존재, 모든 완전함의 기준이 되는 가장 완
전한 존재, 그보다 더 큰 것이 상상될 수 없는 존재, 모든
능동과 목적의 원인이 되는 지적인 존재.

　그러한 존재가 신이다.

　흑천마검을 끊임없이 괴롭히는 제일 법칙, 인과율(因果
律)도 그 절대적인 뭔가에서 파생되었다.

나는 그러한 진리를 흑천마검과의 합일을 통해 직접 엿본 바 있어서 의심하지 않는다. 그래서 모든 일이 까마득히 멀고, 세상만사가 보잘것없이 하찮아져 버려야 하는 게 맞았다.

그러나 그렇지 않았다.

내가 변화시킬 수 있는 이 세상이 너무도 잘 보이기 때문일까.

나는 그 어느 때보다 열의에 차 있었다.

물론 이마저도 그 절대적인 뭔가에 의해 태생된, 인과율로 인해 생긴 감정이라는 것을 의심하지 않는 것은 아니다. 하지만 그 생각과 나를 움직이게 하는 원동력이 무엇이냐는 또 다른 문제였다.

— 애송이, 네가 신이냐고 묻고 있잖아.

흑천마검의 목소리가 끼어들었다.

— 내가 뭐로 불리든, 그게 중요한 것 같아?

내가 반문했다.

흑천마검은 협약 때문인지, 적나라한 조롱 대신 그냥 크크크 하고 비웃기만 했다.

그러나 놈만큼은 그럴 자격이 있었다. 절대적인 뭔가를 '신'이라고 한다면, 녀석이야말로 실제 신의 권능에 도전하고 있는 입장이니 말이다.

하지만 이 세상의 일반적인 사람들이 갈망하고 있는 신은 흑천마검이나 종교학자들이 말할, 그런 범 우주적인 존재가 아니다.

사실, 그런 의미에서 사람들은 신을 갈망하는 것이 아니다.

신이라는 이름의 초자연적인 능력을 지닌 인격적인 존재를 보고 싶어 하는 것이지.

아무리 나라고 해도, 전 지구상에서 벌어지고 있는 모든 일에 관여할 수는 없다.

여기는 중원 아니다.

그 사실을 부정하지 않는다면, 내가 해야 될 일과 할 수 있는 일은 명확해진다.

사람들에게 초자연적인 능력을 지닌 인격적인 존재가 이 세상에 실제함을 보여 주고, 그가 세상사의 고난을 방관하지 않을 거라는 믿음을 심어줄 것이다. 이 세상의 변화는 그렇게 시작될 것이다.

그러니까 나는 변화의 시작인 것이지 끝이 아닌 것이다.

이 세상이 스스로 정화(淨化)의 힘을 갖출 수 있도록 만들 수 있다.

드드득.

뼈마디가 비틀어지고 근육이 축소하면서 익숙한 소리가 흘러나왔다.

늙은 흑인의 눈동자가 한층 더 부릅떠졌다.

그럴 수밖에 없는 것이, 나는 그와 똑같은 모습으로 외모를 바꿨다. 나는 어느 한 인종으로 특정지어지고 싶지 않았다.

늙은 흑인은 아무 말도 하지 못했다. 어버버 입술만 떨었다.

내 기운에 짓눌려 있던 좌중들은 그래도 고개는 움직일 수 있어서, 모두 나를 보고 있었다.

이를테면 늙은 흑인의 고객으로 보이는 아시안 커플은 나를 빤히 바라보면서 코를 벌렁거리고 있었다. 둘이 나와 눈이 마주치자 전기에 감전된 것처럼 몸을 꿈틀거렸다.

멀리서 사이렌 소리가 들리기 시작할 때쯤, 그들 모두 앞에서 사라졌다.

*　　　*　　　*

라파예트 공원은 백악관 건너 바로 위치해 있어, 정부를 향해 시위하기에 제격인 장소다. 늦은 밤임에도 그곳 잔디 밭 위는 여전히 시위대들로 가득했다.

코드 301에 대한 정보 공개와 금지 명령 해지를 촉구하고 있던 시민들이, 주변 사람들을 따라서 고개를 들었다.

그들의 반응은 뉴욕거리와는 또 달랐다.

환호성이나 박수 같은 것은 없었다.

늙은 노부부는 양손으로 머리를 감싸며 부부가 믿는 신을 조용히 찾는(OH, MY GOD) 반면에, 다소 젊은 치들은 철창 너머에 있던 백악관 경호원들을 소리쳐 불렀다.

허공을 밟아 걸어갔다.

팟!

정원 라이트의 조도가 대번에 최대로 높여졌다.

밑에서 나를 향해 총을 겨누며 경고하고 있는 경호원들 같은 경우는 기밀을 취급하는 이들이 아니다. 기밀을 취급하는 경호원, 그러니까 일전에 백악관에서 있었던 일을 알고 있는 이들은 그 사실을 그네들의 표정에서 말해 주고 있었다.

백악관 경호원 대부분이 이쪽, 로즈 가든으로 몰려드는 사이, 어떤 이들은 백악관을 긴급 봉쇄하기 위해 뛰어다녔다.

이런 사태에 대비한 시나리오가 있었던 것 같다.

내게 총을 겨누고 있던 경호원들의 이어폰 밖으로, 다급한 목소리가 흘러나왔다.

[전원, 그를 자극하지 마!]

기운을 일으켰다.

경호원들은 주저앉혀지면서 그네들의 손아귀에서 총이 쑥 빠져나가는 광경을 넋 놓고 바라보았다. 그런 식으로 나를 향해 총들이 날아왔다. 백여 개에 이르는 화기가 나를 중심으로 천천히 돌기 시작한 것도 잠깐, 주르륵 녹아 내렸다.

한 번 더 기운을 끌어올리자 정원 조명이 터지고, 허공을 좀먹고 있던 붉은 아지랑이가 더욱 선명해졌다.

백악관 건너편.

그쪽은 벌써 급정차한 차들에서 뛰어나온 사람들과 시위대 그리고 우연히 지나치던 사람들로 혼잡스러웠다. 경호원들은 나를 조금이라도 더 가까이 보기 위해 밀려드는 사람 전부를 막지 못했다.

자동차끼리 크게 부딪치는 소리가 가까운데서 났고, 어느새 나타난 헬리콥터들은 내가 아닌 몰려드는 사람들을 향해 서치라이트를 밝혔다.

순식간에 아수라장이 되었다.

"각……각하께서 대화를 청하십니다."

경호원 한 명이 목소리를 겨우 쥐어짜냈다.

그는 점점 가까워지고 있는 사람들을 의식하고 있어서, 평범하게 말할 때와 외칠 때의 딱 중간만큼의 목소리로 말했다.

나는 경호원의 말을 무시하며 웨스트윙 좌측을 쳐다보았다.

군인은 백악관에 상주하지 않는다. 그런데 웨스트윙 좌측의 행정부 건물에서 군인들이 계속 나왔다. 사복 차림을 하지 않은 것이 말해 주고 있듯, 그들은 나를 대적하기 위한 용도가 아니었다.

이런 사태에 대비한 것으로 보인다. 시민들을 효과적으로 통제하기에는 군복만한 것이 없으니까.

군인들이 분대별로 빠르게 산개했다.

두 분대는 경호원들과 함께 정원 안까지 들어온 시민들을 쫓아내고, 나머지 분대 전부는 백악관을 벗어나 주변 통제를 시작했다.

먼 거리 쪽으로도 시선을 옮겨 보았다. 그 먼 거리에서는 군인이나 내가 보일 리 없고, 상공에서 내려오는 헬기의 서치라이트와 기형적인 붉은빛의 움직임만 보일 것이다. 그런데도 그쪽의 워싱턴 시민들은 불빛을 쫓아 움직이는 불나방처럼, 불빛과 소란의 중심지를 향해 몰려들고 있었다.

경찰차들이 경광등을 밝히며 도로를 막기까지, 군인들이 신속하게 움직였다. 그들은 백악관 인근에 있던 시민들 전부를 바리케이트 밖으로 밀어낸 후에도 확성기에 대고 해산을 명령했다.

시민들은 군인들의 총부리가 직접적으로 그네들에게 겨눠지지 않은 이상, 이 경이로운 구경거리를 포기할 생각이 없어 보였다.

비서실에서 나왔다는 백인 사내를 보였다. 그는 중앙관저 건물에서부터 미친 듯이 뛰어나온 대로, 백악관 경호원들과 같이 공력에 짓눌려 몸을 펴지 못했다. 내게 할 말이 가득한 것 같지만, 그래서 더 그만큼은 입을 열지 못하게 만들었다.

백악관 상공에 헬리콥터들이 몇 배로 불어난 무렵.

기다리던 것들이 도착했다.

각 방송국의 리포터들이 군인들에게 강력한 항의를 시작했다.

바리케이트를 친 이들은 경찰이지만, 그들의 접근을 통제하는 이들은 군인이었다.

군인들이 리포터를 상대하고 있는 동안, 다른 군인들은 이쪽의 붉은빛을 찍고 있는 기사들의 ENG 카메라를 빼앗는다.

미국 내에서는 좀처럼 있을 수 없는 일들이 17번, 15번 도로와 G, F 스트리트로 이어지는 골목 전반에 걸쳐서 일어나고 있었다.

전시(戰時)에 준하는 혼란 상황.

그 혼란을 뚫으며 사방으로 날아가는 단단한 기운들이 있었다.

탄지(彈指).

리포터와 방송국 직원들은 그들을 막고 있던 군인들이 갑자기 정신을 잃고 쓰러지기 시작하자, 누구는 비명을 지르고 누구는 군인들의 생명을 확인했다. 그리고 또 발빠른 누구는 경찰차로 이루어진 바리케이트 사이를 비집고 나왔다.

그때까지도 나를 향한 어떤 발포는 없었다. 경호원들의 이어폰에서는, 그들의 평정심을 유지시키려는 상부의 꾸준한 명령들만이 흘러나오고 있었다.

스르르.

군인들이 빼앗았던 ENG 카메라들이 허공으로 천천히 올랐다. 그리고 그들의 주인 앞으로 움직였다. 기사들이 본능적으로 카메라를 끌어안았다.

나는 이쪽으로 달려오는 리포터들과 카메라 기사들에게 초점을 맞췄다.

그들을 막기 위해 움직였던 군인들은 보이지 않는 손에 잡아당겨진 것처럼 훅훅 날아가거나, 갑자기 쓰러졌다.

젠장.

나는 그것들을 죽이지 않기 위해 정말 노력해야만 했다. 그 일은 내가 생각했던 것 이상으로 어려운 일이었다. 나는 이를 악물며 주변을 강제하고 있던 기운을 풀었다.

비서실에서 나온 백인 사내는 절망적인 표정으로 나를 올려다본 다음 벌떡 일어났다.

"이렇게까지 해야만 하는 겁니까? 우리 정부는 당신의……."

그때 리포터들이 지척으로 가까워져서, 그는 입을 다물었다.

다시 라틴 계열의 중년 남성으로 모습을 바꿨다. 내가 밟고 선 허공은, 리포터가 선 곳에서도 이쪽의 얼굴을 육안으로 확인할 수 있는 높이었다.

제일 먼저 도착한 리포터는 제 모습으로 변한 나를 보고 잠깐 할 말을 잃은 듯싶었다. 그러나 곧 크게 소리쳤다.

"당신은 누구입니까?"

카메라맨 어깨 위에서 생중계를 알리는 ENG 카메라의 램프등이 깜빡깜빡거렸다.

그때 태풍 같은 기풍(氣風)이 방송국 사람들 너머를 쓸고 지나갔다. 카메라가 확 비틀어진 방향으로, 접근을 시도하려했던 경호원들과 군인들이 날아가는 광경이 펼쳐졌다.

힘의 방향이 비껴나간 곳에 있던 군인들이 드디어 내게 총구를 겨누었다. 하지만 끝내 발포를 하지 않는 이유는 사전에 엄정한 명령이 있기 때문이지, 리포터와 카메라맨들의 신변 때문이 분명 아니었다.

속속 모여든 카메라맨들은 내 모습을 잘 찍을 수 있는 위치에 자리를 잡았다. 그리고 리포터들은 내가 지면으로 착지하기를 기다렸다.

"당신은 누구입니까!"

이번에는 다른 리포터가 외쳤다.

나는 대답하지 않고서, 그간 기억하고 있던 사람들의 모습들을 떠올렸다.

한 명 한 명의 다양한 모습들이 뇌리를 스치고 지나갈 때마다 내 전신에서도 뼈마디가 울리는 소리가 났다. 내 피부색도 계속 변했다.

이윽고 입술을 열었다.

후.

심후한 공력이 서린 호흡이, 카메라와 서치라이트의 하얀 불빛 그리고 나의 선명한 붉은 기운으로 혼재된 그 빛무리 속으로 스미어 들어가면서 물결 같은 파장을 만들어

냈다.

많은 말은 오히려 독이 된다.

카메라를 노려보며 딱 한마디만 했다.

"열흘. 전쟁을 그쳐라."

                    *   *   *

공간을 넘어 저택 서재로 돌아왔다. 원래 옷으로 갈아
입고, 흑천마검은 옷장 안에 두었다. 문을 밀고 나오자 모
퉁이 쪽으로 서 있는 알렉스가 보였다.

알렉스는 누가 이 층으로 올라오지 못하도록 계단 쪽을
지키고 서서, 그쪽 벽면에 난 창밖을 바라보고 있었다. 옆
얼굴이 자못 심각했다.

바짝 다가갔다. 그가 놀란 눈으로 나를 돌아보았다. 나
는 아무런 말없이 그가 내려다보고 있던 광경을 바라보았
다.

다들 뜰에 설치된 대형 스크린에서 눈을 떼지 못하고
있었다.

사라진 나를 찾는 카메라의 움직임이 스크린 위로 생중
계되고 있고, 리포터의 다급한 음성은 외부 스피커를 울

리면서 나오고 있는 중이었다.

  [우리들에게 당신의 목소리를 다시 한 번 들려주십시오! 전쟁을 그치라는 것은 누구에게 한 경고입니까? 세계를 향한 경고입니까? 아니면 연방 정부를 향한 경고입니까?]

  시끄러운 음성과 달리, 스크린 앞에 모인 사람들은 침묵에 빠져 있었다.

  "……세상이 전부 알게 되었습니다."

  알렉스가 중얼거리듯 희미하게 말했다.

  이렇게 될 줄 어느 정도 예상하고 있었으면서도, 정작 현실이 되어 버리자 그조차도 믿기 힘든 모양이었다.

  아, 하고 짧게 탄성을 지르는 알렉스.

  뉴스는 헬리콥터에서 고배율 줌 인(zoom in)으로 당겨진 녹화 장면으로 넘어가고 있었다.

  'A Man over The White House', 굵고 빨간 문구가 슬라이드 형식으로 화면 하단에서 계속 반복 재생되고 있는 가운데, 나는 세상의 종말을 고하기 위해 온 사자(使者)처럼 나타났다.

  전신에서부터 꿈틀거리며 나온 붉은 기운이 마치 거대한 날개처럼 보였다.

  줌 아웃(zoom out) 시작.

나에게 맺혀 있던 초점거리가 멀어져 가면서 백악관 주변의 도로와 거리들이 넓게 잡힌다. 화면 중심에 있는 선명한 붉은빛이 나고, 썰물같이 사방으로 뻗어 나가는 점들은 군인이며, 밀물같이 들어오는 점들은 워싱턴 시민이다.

어느 날 갑자기 중공군의 포격기가 워싱턴 상공에 나타난 것처럼, 혼란도 그런 혼란이 따로 없었다.

"바로 시작하겠습니다."

알렉스가 스스로에게 다짐하듯이 말했다.

"그들이 멋대로 말하게 두지 않겠습니다."

대회에 참석하지 않은 배교도들을 지칭해 말하는 것이었다.

그렇게 하라고 대답한 뒤에 뜰로 나왔다.

뜰에는 섬의 모든 사람들이 나와 있는 중이다. 컴퓨터실에 틀어박힌 채 통 모습을 보이지 않았던 리차드 청과 그의 무리들도 거기에 있었다.

항모타격전단의 미사일 폭격에 고스란히 노출되었던 교도들을 제외하고도, 입교식에 있던 사람들 또한 신비한 경험을 겪어 보았다.

좌중에서 내 힘을 직, 간접적으로 겪어 보지 않은 이는 우리 가족뿐이다.

그러나 신비에 감싸인 그들의 교주가 세상에 신위를 드

러낸 것은 또 다른 문제라서, 좌중 전부는 뉴스 중계방송
에 정신이 나가 있었다.

현실과 비현실의 경계.

저택의 뜰이 그렇게 보였다.

거기에 깃든 기묘한 침묵이 외형을 갖추고 있다면, 아
마도 뜰 전체는 마치 운무에 싸인 것처럼 뿌옇고 몽환적
으로 보였을 것이다.

가족들에게 돌아가는 중, 나는 많은 이들의 눈길을 받
았다.

아무래도 총책임자 정의 외모는 지금 내 모습에서 많이
따왔기 때문에 당연한 일이었다. 그래도 사람들이 기억하
는 정은 언제나 미소 짓고 있는 친근한 이미지의 동양인
청년이라서, 사람들은 내가 정이 아니라는 사실을 금방
알아차렸다.

"아들!"

나를 발견한 어머니의 목소리가 침묵을 깨트리며 나왔다.

우리 가족을 뜰에서 데리고 나왔다.

해안가로 향하면서도 우리 가족 모두는 대형 스크린을
계속 돌아보았다.

아버지와 어머니가 비록 영어를 하실 줄 모르셔도. 스
크린 구석에 떠 있는 유명 방송국의 로고나 LIVE라는 단

어쯤은 아셨다.

"뭐라고 말을 해 봐. 오빠 알고 있잖아. 저걸 다 믿으라는 거야? 지금?"

영아가 소리를 지르는 대신, 내 팔을 있는 힘껏 잡아당겼다.

"저게 다 뭐니…… 아들."

"애 좀 그만 다그쳐. 지금 설명하려잖아."

두 분 부모님이 차례대로 말씀하셨다. 나는 아직까지도 나를 '애'라고 지칭한 아버지의 말씀에, 이상하게도 가슴이 쓰린 기분을 느꼈다.

"서울에서 불편하진 않으셨습니까?"

"이것부터 대답해 봐. 이거 사기 아니지? 그렇지? 전부 진짜잖아."

영아가 따지듯 말했다.

아버지께서 평소에는 좀처럼 보이지 않으셨던 엄한 눈으로 영아를 다그쳤다. 어머니도 내 옆에서 영아를 떨어트려 놓았다.

그러자 영아는 갑자기 뭔가 떠올랐다는 듯이 빠르게 핸드폰을 꺼냈다. 영아의 핸드폰에서도 스크린에서 중계되고 있는 뉴스 방송과 똑같은 영상이 재생되기 시작했다. 확실히 확인 하고만 영아는 텅 비어 버린 눈으로 주위를 두리번거렸다.

"여기 사람들…… 미친 광신도라고 생각했었는데……
말도 안 돼. 여기 사람들이 했던 말들…… 전부 사실이었
나 봐."

혈마교와 교주의 존재. 섬에서 있었던 항모타격전단과
의 전투.

영아는 그 이야기들을 떠올리고 있던 것이 분명했다.

하지만 두 분 부모님은 정확히 모른다.

이 섬을 연예계에 퍼진 어떤 사이비 종교단체의 본거지
쯤으로 인식하고 있는 두 분 부모님을 위해 입을 열었다.

"방배동 저택과 우리 가족의 경호에 신경 써야만 했던
이유가 여기에 있었습니다."

아버지께서는 영아처럼 무슨 말을 하려던 어머니에게
따가운 눈총을 보낸 다음, 고개를 끄덕여 보이셨다. 계속
하라는 뜻이었다.

차가워진 바닷바람이 쏴 하고 불어왔다. 항공모함을 지
나쳐온 것인지, 어쩐지 쇠 냄새가 나는 그런 바람이었다.

그 무렵 주변을 밝게 밝히던 스크린의 불빛과 시끄럽던
리포터의 목소리가 동시에 사라졌다. 우리 가족들이 돌아
보는 그쪽으로, 팀이 그를 향해 모여드는 사람들을 향해
두 팔을 휘휘 젓고 있었다.

잠깐 소란스러워졌던 섬이 빠르게 조용해졌다. 해안으로 부딪쳐 오는 파도 소리가 다시 들렸다.

"우리도 가야 하는 거 아니냐?"

아버지께서 물었다.

"어차피 제가 지금 하려는 말들을 하려는 걸 겁니다."

나는 바닥에 앉았다.

아버지와 어머니는 나를 따라 둥그렇게 앉으셨고, 영아도 잠깐 고민하는가 싶더니 핸드폰을 주머니에 찔러 넣고선 주저앉았다.

아버지는 내색하지 않으려고 노력하시지만, 아버지의 눈에 담긴 두려움이 내게는 너무 잘 보였다.

몹시 비현실적이고 먼 세계의 일처럼 여겨지면서도 실제 상황이라는 사실을 의심할 여지가 없기 때문에, 아버지는 한 치 앞도 보이지 않는 내일 속에서 우리 가족의 안전을 생각하시고 계신 것이었다.

아버지가 줄곧 말씀이 없으셨던 것은, 당신이 과묵한 성격의 양반이기 때문만이 아니다.

아버지는 어머니와 영아보다도 생각할 게 많으신 분이셨다.

"아버지. 여기가 서울보다 안전합니다. 그래서 모신 겁니다."

"그런 걸 이제 와서 말하면 안 돼. 적어도 나한테는 진작 알려줬어야지."

나를 꾸짖는 어투는 아니었다.

"아니다. 미리 알려 줬어도 믿지 않았겠지."

아버지는 긴 한숨을 내쉰 다음, 어머니의 손을 잡으셨다.

어머니가 걱정스러운 얼굴로 아버지를 올려다보던 그쯤.

단상 위에 올라선 팀이 '여러분들이 들었던 소문은 사실입니다. 저기 항공모함이 말해 주고 있듯, 본교는 연방 정부와 전투를 치렀습니다. 교주님께서 우리를 구원해 주셨습니다.' 란 말로 포문을 열었다.

하지만 우리 가족 전부는 외부 스피커에서 큼지막하게 울리고 있는 그 환희에 찬 목소리에도, 조심스러운 환호 소리에도 반응하지 않았다.

가족들의 눈길은 계속 내게 머물렀다.

나는 밤 어둠 속에 어슴푸레 잠긴 우리 가족의 얼굴들을 가만히 바라보았다.

두려움이 깃든 표정들.

준비되었다고 생각했었지만, 그게 아니었던 모양이다.

설명할 게 많았다. 그런데 가슴에 자리한 무거운 뭔가가 그 많은 말들을 꾹꾹 눌러 버리고 있어서, 말이 쉬이 나오지 않았다.

아마도 계속 그대로 있었던 것 같았다.

"아들. 어렵지? 엄마는 우리 아들 믿어."

문득 갑자기 정면에서 부딪쳐 온 차분한 음성.

지금 내 얼굴로 떠오르기 시작한 표정을 들킬 것만 같아서 급히 자리에서 일어났다. 절대 보여서는 안 될 표정이었다.

영아가 뒤쫓아 오는 소리가 들렸다.

"울어?"

어쩐지 다행이다, 하는 얼굴로 다가온 영아가 내 손목을 잡아끌었다.

"엄마 아빠 놀라."

영아가 속삭이듯 말한 후, 뒤쪽에 대고 쉬 하고 온대요 하고 외쳤다. 다 큰 것이 쉬라니, 나는 정말 오랜만에 웃었다.

"내가 설명 드릴게. 아무래도 오빠가 직접 말하기에는 조금 그렇지?"

그런 약해 빠진 이유가 아니다. 하지만 모처럼 영아가 편안한 표정을 짓고 있기에, 마음대로 생각하도록 내버려 두었다.

지금 짓고 있는 영아의 그 표정을 다시 만들 자신이 없었다.

"무슨 일인지 대충은 알겠어. 사이비에…… 빠졌던 것이 아니니까 됐어. 지금은, 지금은 그것만 생각할래. 그래도 자세한 것은 나중에 들려줘야 해."

함께 해안을 걷는 동안, 영아는 내가 아빠처럼 과묵해져 버렸다고 계속 툴툴거렸다. 그러면서도 표정은 전보다 더 안정되었다.

이제 아버지와 어머니는 멀리 떨어져 보이지 않았다.

자식에게 들려주고 싶지 않은 두 분 만의 대화를 시작하셔서, 청각을 정상적으로 되돌려 놓았다.

"두 분께 여기는 너무 낯선 곳이다. 네가 잘해 줘야 한다."

"부담 팍팍 주면서, 무슨 말을 그렇게 딱딱하게 해."

영아가 한순간 침묵한 다음 덧붙였다.

"한국에 돌아가면 안 되는 거지?"

몰라서 묻는 게 아니라서, 나는 고개 한 번을 끄덕이는 것으로 대답을 대신했다.

"그리고."

내가 말했다.

"그리고?"

"본토에서 할 일이 있다. 당분간 섬에서 나가 있어야

해. 그동안……."

영아의 머리를 쓰다듬기 위해 뻗었던 손을, 영아의 머리 바로 위에서 멈춰 세웠다. 이 손에 진득이 남은 비릿한 피 냄새가 퍼뜩 생각나서였다.

그때 영아가 내 손을 끌어당겨서 제 머리 위에 올려놓았다.

내 손은 영아의 조그마한 머리를 덮고도 남았다.

"이렇게 하려는 거 아냐?"

"……."

"오빠 변했어. 사람이 완전 달라졌어. 알지? 그런데 무리는 아닌 것 같아. 오늘 일어날 일을 전부 알고 있었던 거잖아. 아직도 믿기지 않지만……."

영아가 말끝을 흐렸다.

파도 소리보다도 작은 목소리가 느릿하게 들려왔다.

"말도 안 되는 세상이 되어 버렸으니까…… 그래서 더 잊으면 안 돼."

뒤로 무슨 말이 더 남아 있었다. 애꿎은 모래만 발로 쓱쓱 문질러 대던 영아는 끝내 말하고야 말겠다는 식으로 툭 내뱉었다.

"우리가 오빠, 얼마나 사랑하는지."

＊　　　＊　　　＊

다나 샤론의 얼굴에 머물러 있던 화사한 미소가 순간 사라졌다. 그녀는 반사적으로 눈동자를 옆으로 돌렸다. 그렇게 잠깐 생각하는 듯싶었다.

잠시 후 그녀가 조용히 문을 닫고선 맞은편 의자에 앉았다.

바로 어젯밤은 실로 충격적인 날이어서, 그녀는 마주한 사내의 변화를 거기에서 지레짐작하는 것 같았다. 그래서 무슨 일 있었어?, 따위의 질문은 하지 않았다.

다나 샤론은 애써 태연한 척했다. 그리고 천천히 입을 떼었다.

"다들 정을 찾고 있어."

그렇겠지. 자타 공인 본교의 총 책임자인 '정'은 정작 중요한 순간에 모습을 보이지 않았으니까.

"다나 샤론."

이름 한 번 불렀을 뿐인데, 다나 샤론이 움찔했다.

"세계가 교주님을 알게 되었으니, 본교의 존재도 알아야겠지. 기자회견 준비를 해라. 오늘부터 네가 본교의 대변인이다."

다나 샤론은 말을 잇지 못했다.

빼끔거리는 그녀의 입술 사이로 몇 마디 말이 나오려 했지만 금세 다시 삼켜졌다. 하지만 그녀는 총명한 여자라서, 돌아가는 상황을 금방 이해하고 인정했다.

조심스럽게 감추고 있던 표정 위로 그녀의 진심이 드러났다. 두 눈은 햇빛에 반짝이는 구슬처럼 빛났다.

달라진 표정만큼이나 '정'을 대하는 자세도 대번에 공손해졌다.

"제가 본교의 대변인이라고요?"

그녀가 몰락했을 때, 대중들은 즐거워했다. 그리고 그녀가 스스로를 죽이지 못해 안달 났을 때, 대중들은 안타까워했다. 그랬던 대중들이 이제는 그녀의 재기에 찬사의 박수를 보내고 있는 중이다.

"교…… 교주님께서 허락하신 건가요? '그분'의 뜻인가요?"

내가 고개를 끄덕였다.

그러자 다나 샤론이 소리 없는 울음을 터트리며 두 손으로 얼굴을 감쌌다.

그러든지 말든지, 기자회견에서 취해야 할 태도와 말들을 간략하게 지시했다. 다나 샤론은 황급히 얼굴을 덮고 있던 손을 치우며 내 말을 경청했다.

지시사항을 마무리한 후에 말했다.

"삼 일 후쯤이 좋겠군. 장소와 동행원은 네가 택해도 좋다."

*　　　*　　　*

세계 정부와 대중들의 궁금증을 풀어주듯, 본교의 교도들에게도 그런 시간이 필요했다.

그런데 그 일은 나 외에는 누구도 할 수 없는 일이었다.

어차피 비슷한 질문들이 일관될 게 분명해서, 한 명씩 대면하기보다는 모두를 소집하기로 결정했다. 저택과 해안 곳곳에 퍼져 있던 사람들을 한데 모아 놓아도, 그 수가 그렇게 많지 않았다.

사람들은 온갖 질문들로 똘똘 뭉친 표정을 지으며 내 입이 열리기만을 기다리고 있었고, 반면에 우리 가족은 당신의 가족과 흡사한 동양인 청년에게 큰 호기심을 보였다.

"질문을 받지."

내가 말했다.

내 권위적인 태도야 어쨌든, 이 순간만을 기다렸던 사람들이 일제히 손을 들거나 자리에서 일어나며 소리쳤다.

정! 정!, 하고 말이다.

순식간에 소란이 일었다. 그래서 구긴 얼굴로 좌중들을

노려보았고 곧 조용해졌다. 이제 사람들은 입을 꾹 다문 채 손만 들기 시작했다.

단 하나만의 질문만을 허용하겠다고 밝힌 뒤, 한 젊은 사내를 가리켰다.

나는 그가 어떤 영화들을 출연했고, 주연이었는지 조연이었는지 따위는 조금도 관심 없었다. 다른 이들이 자리에서 일어나 난리를 피울 때, 그는 처음부터 조용히 손만 들고 있었다.

그게 선택 받은 이유였다.

처음으로 발언권을 가지게 된 사내가 자리에서 일어났다. 그는 고심 끝에 이렇게 물었다.

"우리도 가족들을 데려올 수 있습니까?"

수많은 질문들 중에 그 질문을 택한, 그가 마음에 들었다.

당장 드는 생각 같아서는 그를 못마땅하게 바라보고 있는 몇몇을 모두 섬 밖으로 내쫓아 버리고 싶었다.

가족도 소중하게 여기지 못하는 이가 본교를 위해 헌신하겠다고? 추측하건데, 사내를 못마땅하게 바라보고 있는 이들은 가족이 없거나 이웃보다 못한 가족을 둔 이들일 것이다.

"있다. 단, 본교에 입교할 사람에 한해서다."

거기에 대해 몇 마디 덧붙였다.

"하지만 저택에 공실이 없으니, 저기서 머물러야겠지."

내가 바라보고 있는 쪽으로 모두의 고개가 돌려졌다. 심지어 두 분 부모님도 사람들을 따라, 연안에 정박해 있는 항공모함의 거대한 기체를 바라보았다.

항공모함 안에서의 생활이 호기심을 자아낼 수는 있어도, 그 안의 생활이 극히 불편할 것이라는 데에는 누구도 이견이 없을 것이다. 그럼에도 불구하고 섬에 들어올 수 있다는 자체만으로 다들 안도하고 있었다.

두 번째 질문은 풍만한 몸을 지닌 중년 여성에게서 받았다.

다른 사람들도 그렇지만, 그녀야말로 첫 번째 질문에 크게 공감하는 모습을 보였기 때문이었다. 특히 애잔해진 그녀의 두 눈에서 어젯밤의 영아를 보았다.

"경이로운 밤이었어요. 우리들은 밤을 지새우며 많은 이야기들을 나누었죠. '교주님'과 본교가 가져올 세상의 변화를 말이죠. 이 역사적인 순간에 동참하고 있다는 사실이 아직도 믿기지 않아요. 그렇지만 다른 한편으로, 우리는 마주한 현실을 생각할 수밖에 없었지요. 다들 공감하고 있어요. 세계가 준비될 때까지, 우리는 정말 공동체를 이룰 수밖에 없다는 사실을 말이에요."

공동체.

그 단어에는 많은 뜻이 함축되어 있다. 그리고 그 대부분이 안전에 대한 것이다. 나와 사랑하는 사람들에 대한 안전.

"본교의 결정에 정말 감사드려요. 하지만 이 섬의 환경은 우리 가족들이 전부 들어오기에는 너무 열악한 게 사실이죠. 지금 우리가 가진 것이 무엇이냐 말하기에는, '그분'의 존재 앞에서는 초라하기 짝이 없지만…… 우리들은 이 섬을 충분하게 만들 만한 돈이 있죠. 만일 우리가 이 섬에 공동체를 위한 시설들을 만들고자 한다면, 본교에서는 그걸 인가할 용의가 있는지 궁금해요."

휙.

그녀에게 쏠려 있던 사람들의 시선이 내게로 돌아왔다.

'그분'이 직접 구원해 주신 땅. 항모타격전단을 물리치고, 미 정부의 일방적인 항복을 받아 낸 실질적인 권능이 행사된 곳.

사람들은 그 안으로 들어오고 싶은 거다.

참 운이 좋은 사람들이지.

"인가한다."

내가 대답했다.

있다, 인가한다.

단 두 번의 대답으로 총책임자 '정'의 위치가 확실해졌
다.

모두는 그들 앞에 있는 동양인 청년이 본교의 대소사를
결정한다는 것을 확실히 깨달았다. 물론 '그분'의 뜻에
따라.

세 번째 질문자를 골랐다.

이번에는 나이가 있는 남자다.

"교주님께서 전쟁에 대한 경고를 한 것은 뒷전이고, 다들
제 가족부터 챙기는 것 같군요. 이해는 합니다. 하지만 우리
는 더 멀리 봐야 합니다. 가족애를 넘어서, 인류애를 말해야
하는 겁니다. '그분'께서 세상에 모습을 드러내시어, 전쟁을
질타한 것도 그 때문이 아니겠습니까. 저는 본교의 노선이
궁금합니다. 정말 제가 생각하는 것이 맞는지."

"교주님께서는 악과 고통이 만연한 세상에서, 우리들에
게 태생의 이유인 진정한 삶과 직분에 충실했을 때의 행
복을 되찾아 주시기 위해 도래하였다."

이는 이 세상에 본교를 세우면서 만든 경전의 한 구절
이다.

"그것을 우리들은 '평화'라고 말한다."

나는 말을 이었다.

"본교는 '그분'을 섬기고 '그분'의 뜻에 따르기 위해

존재한다. '그분' 께서 평화를 말씀하시니, 본교는 '그분'을 섬기는 것 다음으로 세계 평화를 위해 존재하는 것이다. 그 행보가 본교의 노선이고 너희들이 따라야 할 가르침이기도 하다."

세계 평화가 무엇인가.

인류가 지향할 수 있는 가장 이상적인 목표가 아닌가.

그러면서도 세계 평화, 라는 단어는 말하는 사람을 철부지로 만들고 비웃게끔 하는 힘을 지녔다.

하지만 어젯밤 이후로 모든 게 변했다. 세계 평화를 말할 수 있고, 상상할 수 있다.

오오.

확실한 대답을 듣고 만 남자는 벌어지는 제 입을 손바닥으로 막았다. 비단 남자뿐만이 아니다. 다들 얼굴에 흥분에 찬 빛을 띄우며 두 눈을 껌벅껌벅거렸다. 감격에 겨워 눈물을 흘리는 이도 있었다.

그러던 문득.

좌중과 똑같은 얼굴을 하고 있는 영아가 시선 안으로 들어왔다.

왜일까.

저절로 두 손에 힘이 들어갔다. 입술 또한 깨물어지고, 시선도 다른 쪽으로 돌아갔다.

그렇지만 영아가 발언권을 얻기 위해 손을 드는 모습이 눈에 담겼으며.

"세계 평화래…… 엄마."

어머니께 속삭이는 소리 또한 귀에 닿았다.

＊　　　＊　　　＊

포교에 대해선 기자 회견 이후로 허가하고 그 방식 또한 자율에 맡겼다.

분교(分誨) 설립도 마찬가지다.

다만 전 세계가 본교에 주목하고 있다는 것을 잊지 말 것이며, 그와는 별개로 교주님을 섬기는 방식의 일환으로 그들이 할 수 있는 노력을 다 하라고 분명히 하였다.

이를테면 어려운 사람들을 향한 봉사와 기부를 말이다.

본교가 위대한 목적 위에 있다는 사실을 새삼 깨닫게 된 사람들은, 주체 못할 자긍심으로 어쩔 줄을 몰라 했다. 내가 단상에서 내려온 시점에서 사람들이 아무나 잡고 떠들기 시작했다.

그들이 해야 할 일이 있듯이 내가 해야 할 일 있다.

서재로 돌아가는 중에 푸니타 편으로 리차드 청을 불러 들였다.

이윽고 이쪽 세상의 젊은 흑옹혈마가 들어왔다.

그 얼굴을 보는 순간, 잘린 흑옹혈마의 목이 데굴데굴 굴러오던 서역에서의 그때가 또 뇌리를 스치고 지나가는 것이 아닌가.

잊을 만하면 한 번씩 생각나고 만다. 일그러진 내 얼굴이 꽤나 흉악해 보였는지, 자리에 앉으려던 흑옹혈마가 놀라서 일어났다.

아니 리차드 청이.

"'KEY'를 복구하고 있다고?"

팀에게 들었다.

"복구할 수만 있다면, 이 세상은 정말 전지(全知)한 신을 만나게 되는 것이겠지."

하지만 그부터가 'KEY'를 다시 복구할 수 없다고 확언했던 적이 있었다.

그를 부른 진짜 이유로 넘어갔다.

"그건 멈추고 '달의 뒷면', 놈들의 행방을 가져와라. 전부 죽여 놓을 테니."

와르르.

어김없이 내 머릿속에선, 벌어진 놈들의 배에서 내장이 쏟아지고 있다.

제5장

불을 지른 이유

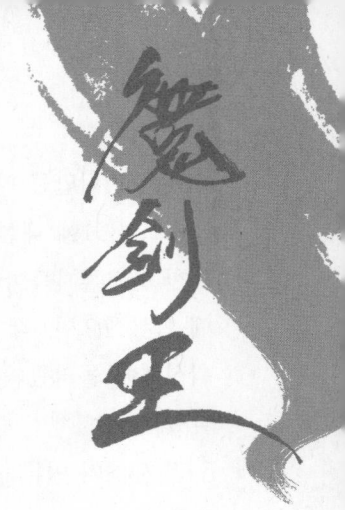

　기자 회견이 예정된 당일 전날, 폭로 전문 사이트에서 먼저 공개된 동영상 한 편이 세상을 또다시 충격에 빠트렸다.

　미군의 전투기들에서 촬영된 영상들을 하나의 영상으로 편집한 그 동영상에는, 나와 흑천마검의 합일체가 섬으로 떨어지던 미사일들을 튕겨 보내는 장면과 미군의 전투기들이 원인 모를 충격에 의하여 폭발되는 장면들이 담겨 있었다.

　비행접시를 절묘하게 합성시킨 인터넷 상의 수많은 동영상들과는 달리, 공신력 있는 폭로 전문 사이트에서 공개된 것이니만큼 파문이 대단했다.

코드 301에 대한 정보 공개를 요구하던 시위대들을 명청한 음모론자들이라고 질타하던 사람들 스스로가 시위대에 합류했으며, 각 주의 시민들까지도 생업을 내팽개치고 워싱턴에 몰려왔다. 모두가 사상 초유의 점거 시위에 동참했다.

전 세계의 언론들은 워싱턴에서 시작된 시위를 긴급 보도했다.

그들이 송출하고 있는 워싱턴의 시가지의 모습은, 폭동으로 이어지는 것이 이상하지 않을 만큼 과격한 분위기가 만연해 있었다.

실제로 시위대들끼리도 다 같은 입장이 아니어서, 적게는 수백 명 많게는 수십만 명씩 이루어진 집단들끼리 대치하고 있는 광경이 자주 잡혔다.

코드 301에 대한 정보 공개와 정부의 입장 그리고 향후 대책을 발표하라 촉구하는 현실주의자.

'그분'의 존재를 인정하여 평화를 지향하라는 이상주의자.

본토 내에서 발발하였던 전투를 이유로 '그자'를 연방정부의 적으로 규정한 극우 애국주의자.

그들이 백악관 인근의 도로와 거리를 점거했다.

빠르게 36개 주까지 번져갔다.

그리고 세계 언론들은 기다렸다는 듯이, 미 각 주에서 벌어지고 있는 대규모 시위들을 중점적으로 다루기 시작했다.

가급적 부정적인 단어를 반복하라는 지시가 있었던 것일까.

공포, 테러, 좌절, 시위, 난동, 군대 등의 단어들을 그들의 기사문에 꼭 끼워 넣었다.

그러는 동안 미 정부는 레돈도 비치의 모래사장과 푸른 바다에서 관광객과 피서객들을 몰아내고, 그 자리에 제1해병 사단을 배치시켰다.

사단장 로버트 록우스가 본교의 핫라인을 통해 밝힌 표면적인 이유는 '혈마교를 대상으로 한 잠재적인 위협으로부터의 안전 확보'였다.

기자회견에서 감화(感化)된 본교의 지지자들이나, 더 격해진 보수 애국주의자들 모두가 군사 행위의 중단을 촉구했다. 전자는 본교에 대한 적대적 군사 행위를, 후자는 우호적 군사 행위를 말하는 것이었으나 그들이 요구하는 바는 결국 같았다.

그러나 미 정부는 초지일관이었다. 시위대들의 항의를 묵살하며 레돈도 비치와 다운타운을 잇는 거리의 출입을 통제했다.

통제 구역에 들어갈 수 있는 사람은 이만여 명의 해병들과 본교의 교도, 그리고 교도들이 고용한 건설 인부들로 한정됐다.

그러한 미 정부와 세계 언론의 행태는 본교를 세상으로부터 격리시키고자 하는 의도가 강했다.

한편.

세계 사회의 반응들을 지켜보고 있는 존재가 있었으니 바로 흑천마검이다.

녀석은 내 의자에 앉아 모니터 속의 뉴스 방송을 보고 있었다. 마치 개미 상자를 지켜보듯 말이다. 그런데 그 뒷모습만 봐도 어쩐지 크크거리고 있을 녀석의 표정이 보이는 것 같았다.

"날 도와준다면 시간이 앞당겨질 거다. 날 도와줄지 말지는, 네 판단에 맡기지."

녀석의 등 뒤에 대고 말했다.

사실이 그랬다.

녀석의 조력이 필수적인 것은 아니나, 녀석이 날 도와준다면 많은 시간을 아낄 수 있었다.

그리고 녀석 또한 내가 이쪽 세상의 일을 하루빨리 정

리하여 수련에 전념하길 바라고 있으니, 무리한 요구는 아니라고 생각했다.

녀석이 의자를 뱅그르 돌리며 내 쪽으로 몸을 틀었을 때, 역시나 녀석은 괴상스러운 미소를 짓고 있었다. 녀석은 계속 그런 식이었다.

하찮은 인간들의 대응 방식이 여러모로 새로운 것인가?

하지만 그렇다고만 여기기에는 어쩐지 녀석의 미소가 수상하다.

녀석의 표정을 분간할 수 있는 내 자신에게 어처구니가 없었다.

십여 년.

녀석과 함께한 지가 십여 년밖에 흐르지 않았단 말이지…….

내게는 그 기간이 몇 배는 길게 느껴졌다.

"뭘 도와줄까?"

녀석이 신체포기각서를 받은 사채업자 같이 물었다. 거만하게 앉은 꼴이 어투와 꽤 어울렸다.

사실, 그 시점에서 다시 합일을 하게 되면 어떻게 될지 궁금하기는 했었다. 그러나 그런 위험 감수를 하지 않아도 녀석에서 단 하나만의 능력만 약속받는 것만으로, 대중들의 기대를 충족시킬 수 있었다.

"공간."

공간을 가르는 힘.

그것은 흑천마검 고유의 능력이다.

내가 그렇게 말한 순간이었다.

그런데 마치 지금을 기다렸다는 듯이, 바로 대답이 나오는 것이 아닌가?

"그러지."

눈살을 찌푸리며 흑천마검을 쳐다보았다.

녀석도 제가 실수한 사실을 깨달은 표정이었다.

어쩐지 쏴한 느낌을 받았다. 소름이 등줄기를 훑고 지나갔다.

옥제황월에게 나를 죽이라고 소리쳤던 때가 불과 열흘 전이다. 내 육신을 얼마나 갈망했던 녀석인가. 그랬던 녀석이 이제 인과율 위에 서 보이겠다면서 나를 풀어 주고 협력을 약속한다.

관계를 새로 시작해야 한다면서.

"……."

나는 내가 놓친 부분이 없는지 기억들을 더듬기 시작했다.

그리고 그때가 밝혔다.

라쿠아가 녀석의 뺨을 만지고, 라쿠아의 행동을 제지하

지 않았던 그때 내가 인지할 수 없는 무슨 일이 있었는지도 모른다.

하지만 그보다 찜찜한 것은 아무래도 '구태여 이 세상에 와서 그렇게 갈망했던 내 육신을 스스로 포기했던' 녀석의 대답이었다.

다시 물었다.

"왜 날 이 세상에 풀어 놓은 거냐."

전과 똑같은 질문.

갑자기 치고 들어갔기 때문일까.

흑천마검의 기괴한 미소 안에서 일어난 찰나의 변화를 포착할 수 있었다.

일전에 녀석은 중원에 있을 수 없고 옥제황월의 세상으로도 갈 수 없으니 남은 곳은 이 세상뿐이라고 대답했었다.

아마도 최악을 면하고 만 안도감 때문이었을 테지만, 그때 간과하고 넘어가 버린 것이 있었다.

나에게는 이 세상과 중원 그리고 옥제황월의 세상뿐이었으나, 녀석은 아니다. 녀석은 헤아릴 수 없는 많은 세상을 거쳐 왔던 존재다.

정말 녀석이 내가 수련에 몰두하기를 바랐다면, 이 세상이 아니라 내가 신경 쓸 것이 없는 또 다른 세상으로 갔었어야 하는 것이 아닌가.

또한 그 이전에 차지한 육신으로 또 다른 세상에서 뭔가를 준비할 수도 있었던 것은 아니었을까. 나를 풀어놓을 게 아니라.

"이 몸의 은혜에 절하지 못할망정."

녀석이 짜증 난다는 듯이 몸을 일으켰다. 기괴한 형상의 끝이 천장에 닿을 듯 말 듯했다. 나는 긴 머리카락 속에 감춰진 하얀 얼굴을 응시했다.

그렇지만 속셈이 뭐냐 하고 따져 묻는 것만큼이나 어리석은 짓은 또 없어서, 어투를 날카롭게 세우지는 않았다.

"발끈하지 마라. 네 덕분에, 이 세상은 비로소 정화(淨化)의 시대를 맞이하게 된다는 것을 말하고 싶었던 것이니까."

내가 말했다.

녀석은 직전처럼 바로 대답하지 않았다. 작은 구슬 같은 눈동자로 내 전신을 쭉 훑더니, 속아 넘어가 주기로 생각한 모양이다.

"흥. 서둘러라. 애송이. 이 몸의 인내심은 그리 길지 않으니까."

녀석이 인과율에 이를 갈고 있는 것은 맞는 것 같다. 그런데 왜 나를 풀었어야 했으며, 꼭 이 세상이어야만 했을

까?

  …… 놈에게서 한시도 눈을 떼서는 안 된다.

*   *   *

  궐기한 시민들의 함성에 버티지 못한 것일 수도 있고, 보수 애국주의자들의 말따라 본격적인 전쟁을 위한 기반 작업에 착수한 것일 수도 있다.

  많은 해석이 있지만, 어쨌든 미정부는 코드 301에 대한 정보를 공개하기에 이르렀다. 그러니까 폭로 사이트의 폭로로 기정사실로 받아졌던 일에 정부가 확실히 도장을 찍어 버린 셈이었다.

  다른 곳도 아닌, 미국 본토 내에서 제3 함대까지 동원되었던 전투가 일방적인 패배로 끝을 맺었다는 사실은 전 세계와 대중들에게 시사하는 바가 컸다.

  대중적인 호기심에 나를 코믹스의 캐릭터에 비유하던 기사들은, 미 정부의 발표 이후에 모두 사라져 버렸다.

  대신 항모타격전단의 화력을 견주어 내 신위(神威)를 추정하고, 내 근원을 파헤치려는 시도를 하고, 내 존재가 세계 정부에 미칠 수 있는 영향들을 심도있게 다뤘다.

23시 59분.

틱.

00시 00분

이윽고 전 세계가 주목하고 있던 날이 도래했다.

화악.

전과 동일하게 백악관 상공에서 모습을 드러냈다.

만일 '그분'이 다시 나타난다면, 그 자리는 처음 나타나셨고 사라졌던 그 자리가 될 거라던 사람들의 말대로 말이다.

백악관 인근은 여전히 군인들로 통제되어 있었다. 그러나 통제 구역을 넘어선 다음부터는, 일반적인 시야로 미칠 수 있는 거리 전부가 사람들로 가득했다.

백악관 상공 위에 나타난 붉은 발광체(發光體).

그 광휘(光輝)를 본 사람들.

나의 지지자들은 각자가 이상적으로 생각하는 방식대로 경의를 표했다. 두 팔을 올리거나, 두 눈을 감아 양손을 모으거나, 무릎을 꿇는 정통적인 방식.

반면에 나를 연합 정부의 적, 더 나아가 인류의 적으로 규정한 이들은 부정적인 문구가 담긴 피켓을 머리 위로 높이 들었다. 예컨대 그들 중 하나의 피켓에는 "The man we are waiting for is not you."라고 적혀 있다.

벌써 세계 각국의 취재진들이 일대의 광경을 중계하고
있는 중이었다.

그렇듯 나를 지지하는 자와 지지하지 않는 자가 나뉘었
지만, 그것도 오늘까지다.

나는 스스로를 자유의 투사처럼 여기며 피켓을 머리 위
로 올리고 있는 이들에게서 시선을 거뒀다. 그런 다음 내
앞으로 떠오른 흑천마검을 움켜쥐었다.

"경고는 충분하였다."

사자후에 덩달아 붉은 기운들이 사방으로 뻗어 나갔다.

좌악.

검자루를 움켜쥐고 있던 손을 풀었다. 흑천마검을 있는
힘껏 더 높은 상공으로 던졌다.

내 손에서 날려진 그때부터였다. 본래 검봉이 위치해
있던 부분을 시작으로, 날아가는 궤적을 따라 수직의 선
이 그어졌다.

그리고 일순간 옆으로 쫙 갈라지며 빛을 사방으로 뿜어
냈다.

중동의 아침 빛.

그 빛에 총성 또한 실려 나온다.

이제 흑천마검은 범부(凡夫)의 육안으로는 좇을 수 없는 속도로 날며 공간을 계속 찢고 있었다.

워싱턴 밤 안으로 들어온 중동의 아침 빛.

그 빛은 중동의 푸른 창공까지 드러내고 마니, 찬란하고 성스러워 보이기까지 했다. 구름 사이로 비추는 빛이 그러하듯 말이다. 그래서 사람들은 그곳의 총성 따위는 들리지 않는지 몽롱한 얼굴들이었다.

그러던 그때 사람들이 웅성거리며 공간 너머를 가리켰다.

쑤와와와.

굉음(轟音)이 울렸다.

여덟 대로 이루어진 전투기 편대가 저쪽 상공에서 이쪽 상공으로 불쑥 넘어왔다. 편대로서는 갑자기 그들의 진로 앞에 나타난 어둠을 피하기 위해 급히 선회했던 것 같으나, 세로든 가로든 공간이 벌어지는 속도를 따라잡기에는 부족했다.

두 대는 완만한 곡선을 그리며 위와 아래로, 네 대는 두 대씩 짝을 이루어 좌측과 우측으로, 또 나머지 두 대는 사선을 그리며 빠르게 워싱턴 상공을 꿰뚫고 나왔다.

사람들의 고개가 전투기들이 움직이는 방향대로 돌아갔다.

위로 방향을 틀었다가 곡예 부리듯 선회했던 전투기 한 대만이 다시 공간의 틈 안으로 들어가고, 나머지 전투기 일곱 대는 순식간에 사람들의 시선에서 사라졌다.

쑤아아아와와왕!

굉음이 워싱턴 시내를 울려대던 무렵, 수직 위로 공간을 갈랐던 흑천마검이 건너편에서 새로운 공간의 틈을 만들어 내고 있었다.

이번에는 건너편 도로 위 상공의 한 점을 시작으로 뚝 떨어져 내린다. 그렇게 두 번째 공간의 틈이 열렸다. 중동의 전장으로 곧바로 통하는 그것이 시민들이 운집한 중심으로.

"우……우리가 뭘 보고 있는 거지."

일단, 그쪽의 시민들은 그네들의 바로 한 발자국 앞에서 뿜어져 나오는 빛에 눈을 껌벅거렸다. 그리고 이내 그 빛에 익숙해져 버리자, 너머의 광경이 시선에 들어온 모양이다.

시민들 중에 재빠른 이들은 뒤에서 몰려오는 사람들을 어떻게든 밀어내며 도망쳤고, 그렇지 못한 이들은 "총이야!"하면서 바닥에 넙죽 엎드렸다.

타앙!

총성이 또 울렸다.

도화선에 불이 붙었다.

"비켜! 비키라고!"

도깨비불에 홀린 듯 그쪽으로 다가가고 있던 시민들 또한 비명을 지르며 사방으로 흩어지기 시작했다. 스스로를 애국주의자라고 자부했던 이들이라고 다를 바 없었다. 거추장한 피켓 따위는 벌써 던져 버려 없고, 서로가 서로를 밀치고 잡아당겼다.

그때 워싱턴 어디로 사라졌던 전투기 중 두 대가 다시 나타나, 내 머리 위쪽의 공간의 틈 안으로 쑥 들어가 버렸다.

쑤아아아앙!

다른 전투기들이 어디서 무엇을 하고 있던, 시민들은 거기까지 신경 쓸 수 없었다.

당장 시민들 앞에 총을 든 두 무리가 있다. 콘크리트 파편 뒤에 엄폐하고 있던 그들은 기존대로 건너편 적을 향해 총구를 유지하고 있기도 하고, 혹은 기현상 너머의 시민들을 향해 총구를 돌리기도 한다.

그런데 정작 시민들을 향해 총구를 돌렸던 이들도 어리

둥절하고 혼란스러워하다가, 결국 기존대로 그들의 적을 향해 다시 총구를 옮기는 것이었다.

"크크크⋯⋯."

내가 나지막하게 웃음소리를 흘리고 있을 때, 세 번째 네 번째, 다섯 번째 공간의 틈이 더 생겨났다.

세 번째 틈, 어두운 톤의 셔츠에 군복 바지를 입은 중동 사내 일곱이 소총을 겨누며 공간의 틈을 막 넘어오고 있다.

네 번째 틈, 거기는 두 번째와 세 번째 틈과는 다르게 넓은 황무지로 장갑차들이 흙먼지를 일으키며 질주해 오고 있다. 몇 번의 격전이 있었던 것인지 황무지 전체에 검은 그을음이 가득하다.

그리고 총성 대부분 다섯 번째 틈에서부터 나왔다. 바로 직전까지 그 안은 새 날이 밝자마자 시작된 치열한 전투가 한창이었다.

폭파된 차량들에서 연기가 피어오르고 거리 곳곳에 엄폐해 있는 사내들이 보였으며, 기이한 현상에도 불구하고 어쩔 수 없이 반대편 거리를 향해 계속 발포하고 있다.

그러는 와중에도 다섯 번째, 여섯 번째, 일곱 번째, 여덟 번째, 아홉 번째 공간이 계속 갈라졌다. 여섯 번째 틈 너머 만이 비(非)격전 지역으로, 수많은 난민들이 서로의 가족을 끌어안은 채 이쪽을 바라보고 있었다.

공간의 틈이 만들어지는 속도가 너무도 빨랐다. 그래서 마치 동시에 일어나고 있는 것처럼 보인다. 빛이 그렇게 일순간에 뻗었다.

내가 자리한 백악관 상공을 시작으로 팔방(八方) 모두가 전장으로 변했고, 중동의 아침빛이 워싱턴을 잠식했다.

이쪽과 저쪽의 구분이 모호해지는 순간.

"크크크."

흑천마검이 인간형의 모습으로 변해 내 옆에 섰다.

그러고는 내 의지에 따라 만들어 놓은 아비규환(阿鼻叫喚)을 흐뭇한 얼굴로 내려다보았다. 녀석의 핏기 하나 없는 입술 사이에서는 계속 사이한 웃음소리가 흘러나왔다.

일대를 쓱 쳐다봤다.

상공, 그리고 팔방으로 공간의 틈에 둘러싸인 백악관이 야말로 중동 내전의 중심에 자리하게 되었다. 미국 시민들 또한 그들 정부의 중동 정책이 만들어 놓은 참상을 고스란히 마주한 것을 넘어서, 안전에 위협을 받는 상황에 이르렀다.

중동의 반군 혹은 정부군이 미군과 대치하고 있는 공간의 틈 주위, 금방이라도 폭발할 듯한 팽팽한 긴장감이 흐른다. 격앙된 서로 다른 언어가 쉴 새 없이 오가고, 손가락을 대신한 총부리가 상대를 가리킨다.

그러는 와중에도 치열한 격전지인 다섯 번째 틈에서는 전투가 중단되지 않고 계속 진행 중이었으며, 여섯 번째 틈에서는 용기를 낸 난민들이 몰려들어 그네들을 막아선 군인들을 향해 그네들의 언어로 호소하는 중이다.

"그놈에게 배운 거냐? 크크크."

흑천마검의 그 말에 불현듯 사색(四色)의 눈동자들이 떠올랐다.

그것들이 아직도 나를 지켜보고 있는 것만 같아서, 나도 모르게 고개를 번쩍 들었다.

드래곤.

당연히 그것들이 있을 리가 없다. 대신 우리가 갈라놓은 저 상공 위로 새로운 전투기 편대가 빠져나오는 광경이 보였다.

그것들이 만들어 낸 굉음이 또 한 박자 늦게 터져 나온다.

쑤와와와아앙.

공간의 틈에서 튕겨 나온 중동의 총알에 사상자가 발생하기도 했지만, 도망치던 시민들끼리 깔아뭉갠 수가 월등히 앞서 보였다.

볼티모어에서 긴급 파견된 군인들이 헬리콥터와 장갑차를 몰며 워싱턴 D.C에 진입할 때쯤, 나와 흑천마검은 지상으로 내려왔다.

백악관의 정원.

내가 계속 내려오기만을 기다렸던 정부 관료들은 정작 내가 그들 앞에 내려서자 아무도 입을 열지 못했다. 귀찮은 그것들을 날려 버린 다음 여섯 번째 틈을 향해 걸어나갔다.

'그날'과는 달리 나를 겨누는 총구가 많아졌다.

그러나 내가 지면을 밟을 때마다, 지면과 발바닥 사이에 기운이 퍼져 나갔다.

그 많은 소총들이 모조리 내 주위로 빨려 들어오는 것도 잠깐, 시뻘겋게 녹아내린 그것들이 피눈물 같은 형상으로 쉴 새 없이 떨어져 내렸다.

그때 상부의 지시를 어기고 나를 향해 발포하는 분대가 있었다. 패닉에 빠진 것이 분명한 젊은 병사의 어처구니없는 발포가 분대 전체로 이어진 것이다.

[중지하라! 중지하라!]

그들의 무전기에서 나오는 소리가 이미 들리지 않는지, 한번 발포를 시작한 그들은 방아쇠를 당긴 손가락을 풀지 않았다.

드르르륵. 드르르르륵.

수백의 탄알들이 붉게 물든 허공을 뚫고 날아왔다.

그 찰나, 내 주위에서 공명하던 기운들이 주변의 기류를 급히 회전시켰다.

그 안으로 들어온 탄알들은 큰 힘에 의해서 방향이 틀어졌으며, 내게 발포했던 군인들을 향해 되돌아갔다.

학습 능력이 부족한 것들의 죽음을 애석해 하는 대신, 발을 굴렀다.

파앙!

붉은 궤적의 끝.

여섯 번째 틈 앞에 나타났다.

질겁한 난민과 미군들.

나는 난민들의 외모와 피부색으로 바꾼 후, 미군들을 향해 난민들을 턱짓해 가리켰다.

경황이 없기 때문은 아닐 것이다. 이 순간에도 정치적인 문제가 생각나는 것이겠지.

그래도 우두커니 서서 내게 총구를 겨누는 군인들을 날려 버린 후, 난민들을 향해 이 안으로 넘어오라고 손짓했다. 그러는 저편으로 어린아이들의 울음소리와 함께 초라한 난민촌의 광경이 크게 펼쳐졌다.

그쯤에서 다시 방향을 틀었다.

기현상에도 불구하고 전투를 계속할 수밖에 없던 그곳, 다섯 번째 틈 앞에서 오른발로 땅을 찍었다.

쿵!

워싱턴의 아스팔트 도로에서부터 시작된 균열이 공간을 넘었다.

중동의 시가지 안으로 쭉 뻗어 나갔다.

심오한 초식, 검로(劍路)는 이곳에 필요 없다.

오로지 화력뿐.

콰아앙!

공력을 터트리는 순간, 균열이 더 거세게 뻗쳐나가며 인근 사방의 지축을 흔들었다. 멀쩡히 서 있을 사람은 아무도 없었다.

그쯤에서 흑천마검을 쳐다봤다.

녀석이 어때? 예쁘지?, 하는 듯한 태도로 녀석의 긴 손톱들을 까닥까닥거렸다.

나는 고개를 끄덕였다.

그러자 녀석이 가장 긴 집게 손톱으로 내 앞의 공간을 쭉 찢었다.

빠르게 두 번.

두 공간의 틈이 완전히 벌어지기도 전에, 나는 그 안으로 양손을 하나씩 넣었다.

손가락 사이사이로 짧고 긴 머리카락들이 잡힌다. 두 인간의 정수리가 내 손아귀 안으로 빨려 들어왔다. 그대로 그것들을 내 쪽 앞으로 끄집어내 바닥에 내팽개쳤다.

정부군의 늙은 독재자와 반군의 더러운 수장.

둘의 나이와는 상관없이, 둘 모두의 생김새 전체에서 풍기는 인상엔 야비하고 사악한 데가 공통적으로 있었다.

끼이익, 녹슨 톱니가 움직이듯.

둘의 고개가 내 기운에 의해 강제로 공간의 틈을 향해 돌아갔다.

그러자 거리 하나를 두고 직전까지 서로를 죽여대고 있던 정부군과 반군들이, 잠깐의 침묵 다음 소란을 떨기 시작했다. 그들이 비록 말단에 불과했어도 수장의 목 위에 어떤 얼굴이 올려져 있는지쯤은 알고 있었다.

이쪽을 주시하고 있는 미군들 또한 더 분주해진 것은 당연한 일이었다.

쉼 없이 오가는 무전 소리, 방송국 헬리콥터의 날갯소리. 가족들을 챙기는 난민들의 외침, 장갑차에서 내리는 군인들의 명령, 도망치는 시민들의 비명.

온갖 것들이 들린다.

그러는 와중에도 정부군과 반군 수장의 내장을 몸 밖으로 끄집어낼 방법이 수도 없이 떠오르고 있었다. 단칼에 그것들을 양단하고 싶은 욕구가 무척이나 강렬하게 온몸을 간질여 대는 것이 느껴졌다.

나는 그 마음을 참아 내며 흑천마검에게 한 번 더 눈빛을 보냈다.

이 자리에 있어야 할 몇 사람이 더 있다.

＊　　　＊　　　＊

녀석도 모를 리가 없었다.

이 세상이 치르게 될 홍역을 말이다.

귀 언저리까지 쭉 찢어진 녀석의 미소가 그것을 말해 주고 있었다. 녀석이 즐거워하는 일이라고 해서 멈추기에는, 내 신념은 확고했다.

인과율이 나를 여기까지 이끈 것을 보라. 나는 틀리지 않았다.

— 크크크

내 눈빛을 받은 흑천마검이 손톱을 쓱 그었다.

화악!

잘라진 공간 안에는 그들이 회동(會同)을 가지는 광경이 드러났다.

세계의 부와 권력을 독점한 자들.

리차드 청의 말대로, 그들은 내가 예고한 오늘 때문에 한자리에 모여 있었다.

그들은 보좌관 한 명 없이 딱 그들끼리 나란히 앉아서, 이곳 워싱턴에서 중계되는 뉴스를 보고 있는 중이었다. 누구 하나 담배를 피는 이가 없지만, 어쩐지 그들 주위가 뿌옇고·침침해 보였다.

[Hard to believe but a real situation! This time he enters directly! (믿기시지 않겠지만 실제 상황입니다! 이번에는 그가 직접 들어갑니다!)]

시끄러운 리포터의 음성.

이윽고 그들 앞에 그들이 겪을 수 있는 가장 비현실적인 장면이 펼쳐졌다.

자신들이 보고 있던 뉴스에 자신들이 나오는 광경. 배경은 백악관과 중동의 격전 지역들이 한 공간으로 얽힌 그 중심이다.

그들과 똑같이 그들의 대형 모니터를 바라보며 발걸음을 옮겼다. 공간의 틈을 넘어가는 내 뒷모습 또한 고스란히 송출된다.

육인(六人) 전부가 나를 향해 고개를 돌렸다.

누구는 거북이처럼 느릿하게, 누구는 송곳에 찔린 것처럼 재빠르게. 그러나 나를 마주하고만 그들의 표정은 하나같이 똑같을 수밖에 없었다.

사진으로만 보았던 그들을 한눈에 담았다.

일본인과 미국인 그리고 아랍인과 이쪽 세상의 옥제황월.

그 넷은 세상에 이름이 알려지지 않은 이들이지만 다른 둘은 달랐다. 둘은 중국과 러시아를 장기 집권하고 있는 권력자다.

다른 녀석들을 제외하고도, 그 오래된 권력자 둘이 비밀 회합을 가지고 있던 장면 자체만으로도 이쪽 세상의 역사에 기록될 만한 순간일 것이다.

육인 전부는 누구도 자리에서 일어나지 않은 채, 그들만의 심각한 표정으로 나를 노려보았다.

나는 그들 중에서도 특히 이쪽 세상의 옥제황월을 응시했다.

정말이지 똑같다.

그래서 계속 억눌러왔던 뭔가가 더는 참을 수 없게 치솟고 말았다.

지금 이 광경이 전 세계로 실시간 송출되고 있다는 것쯤은 알고 있었다. 그래도 그것이 나를 멈출 이유가 되지는 않았다.

놈은 역사적인 오늘부터, 일벌백계의 표상으로 기록될

것이다. 벌써 내 머릿속의 놈은 제 배에서 흘러나오는 장기를 주워 담기 바빴다.

나는 그저 손가락 하나만 움직이면 얼마든지 녀석의 사지를 자르거나, 내장을 몸 밖으로 끄집어낼 수 있었다.

다른 것들은 몰라도 네놈만큼은 당장 죽어야지.

또 다른 네 자신을 원망해라.

공력을 쏘아 보내려던 바로 그때였다. 탁상 위에 올려져 있는 놈의 두 팔이 부르르 떨리고 있는 광경이 내 두 눈 안으로 확 들어왔다.

"……."

놈의 얼굴도 겁에 질려 새파랗게 변했다.

놈도 이런 우스꽝스러운 표정을 지을 줄 알았다.

나는 드래곤에게 끌려간 옥제황월에게 또 다른 자신이 어떤 얼굴을 하고 있는지 보여 주고 싶었다. 그리고 또 다른 자신의 그 얼굴을 본 놈이 과연 어떤 표정을 지을지도 궁금했다.

생각은 거기까지.

기류(氣流)가 비틀렸고, 놈의 목이 확 돌아갔다.

털썩.

죽어 버린 놈의 육신이 의자와 함께 옆으로 넘어갔다. 어떤 비명도 없었다. 세계를 움직였던 인사치고는 너무도 허무한 죽음이었다.

　남은 다섯 명의 눈길 또한 그쪽으로 대번에 쏠렸다. 또한 그들이 보고 있는 광경이 그네들의 코앞에 닥친 미래라는 것을 직감했음에도 불구하고, 앉은 자리에서 일어나지 못했다.

　그네들이 독점하고 있는 부와 권력의 무게 이상 가는, 보이지 않는 기운이 그들의 전신을 위에서 아래로 짓누르고 있었기 때문이다.

　뿐만 아니라, 그들이 입을 여는 것 또한 허락하지 않았다.

　"너희 여섯은 이 세계의 막후(幕後)."

　오로지 나만 말할 수 있었다.

　"너희는 전쟁을 종결시킬 수 있었다. 하지만 그리하지 않았지."

　뒤로 몸을 틀었다. 공간의 틈 너머로 이쪽을 찍고 있는 방송국 헬기와 그 안의 카메라가 보였다. 거기를 직시하며 말했다.

"이들의 죽음은 아직도 전쟁을 계속하고 있는 자들에 대한 마지막 경고다."

다섯의 숨도 그렇게 일시에 끊겼다.

*　　　*　　　*

리차드 청이 그들을 통칭해서 달의 뒷면(The hidden of the moon)이라고 불렀기 때문이지, 중세부터 이어져 온 그림자 정부가 세계를 통치하고 있다는, 그런 가당치도 않은 음모론 따위가 아니었다.

따지고 보면 그들은 특별한 집단이라고 할 수 없었다.

부와 권력의 쏠림현상은 인류가 선 이래로 꾸준히 있어 왔다.

하지만 작금에 이르러서는 그 정도가 너무도 심각하다는 데에 문제가 있었다.

강과 산을 경계로 했던 활동 영역이 전 세계로 팽창했으며, 이제 부와 권력을 독점한 몇몇이 전 세계를 마음대로 휘두르고 있었다.

내가 신이라고?

웃기는 소리.

그들이야말로 이 세상에서 신처럼 군림하고 있었다. 누가 그들의 권좌에 도전할 수 있을까.

늙어 죽기 전까지 그들의 돈과 권력은 계속 구르고 굴러, 그들을 정말 인간의 형상을 하고 있는 신으로 만들고 말 것이다.

그들은 리차드 청의 복수를 떠나, 새롭게 시작해야 될 세상에서 반드시 제거되어야 했다. 또한 세계가 그것을 알아야 했다.

그래서 나는 그들 여섯을 세상에 드러낸 후에 죽였다.

엄지손가락을 치켜세우며 즐거움에 몸부림치는 흑천마검을 애써 무시했다.

달의 뒷면.

육인의 죽음 이전에 이쪽으로 끌려 나왔던 내전국 정부군과 반군의 수장은 두 눈만을 빠르게 껌벅거리고 있었다. 간절한 두 눈짓에 살려달라는 아우성이 가득하다. 그네들이 어떤 비현실적인 상황에 처했는지보다 당장의 목숨이 급했다.

점혈되어 움직일 수는 없지만, 그래서 표정이 더 절박할 수밖에 없었다.

미 대통령이 중역 거주지에서 뛰어나올 때, 나는 손목을 꺾고 있었다.

정부군과 반군의 수장의 목도 힘의 방향에 따라 ㄱ자로 꺾였다.

— 크크크크!

흑천마검은 또 그걸 보며 좋다고 웃어 댔다.

미 대통령이 경호원들을 달고 나타나, 다짜고짜 소리쳤다.

"더 큰 전쟁이 일어날 거요! 대체 무엇을 기대하고 이러는 것이오?"

죽음을 각오해서가 아니다.

중국과 러시아.

두 강대국의 장기 집권자의 죽음이 가져올 파장을 우려해서도 아니다.

그는 내게 손을 내밀고 있는 것이었다.

또한 전 세계 앞에 드러내는 정치적인 행보이기도 했다.

그의 바람과는 달리 모두의 앞에서 그와 대화를 나누고 싶은 마음이 조금도 없었다.

손을 쓰윽 들어 올렸다. 그러자 그는 주저앉기보다는 있는 힘껏 두 눈을 질끈 감기로 택한 모양이었다.

그가 대동해 온 경호원들이 총을 겨누려다가 튕겨져 날아갔다.

흑천마검이 미 대통령의 옆에 바짝 달라붙어서 말했다

— 이 인간도 죽여 버려.

방송으로는 검은 검이 미 대통령 주위에서 날아다니는 것처럼 보이겠지.

— 그자에게 손대지 마라. 그자를 영웅으로 만들어 줄 생각 따윈 없으니까.

— 바라시는 대로. 큭. 크크크큭…….

옥제황월의 세상에 봤거나, 이쪽 세상의 텔레비전에서 보았을 것이다. 아니면 인류 문명이 있는 또 다른 세상에서나.

흑천마검은 영국 귀족 같은 자세로 허리를 숙이며 오른팔을 복부에 댔다가, 큰 몸을 다시 일으켰다. 그러고는 내 눈빛에 따라 마지막으로 공간을 갈랐다. 본교의 섬이 있는 하늘 위로 이어진다.

워싱턴에 생성한 아홉 개의 틈을 그대로 남겨 두고 선, 검은 공간을 향해 걸어갔다.

"이대로 가면 안!"

두 눈에 살기를 담아 소리가 나는 방향으로 고개를 돌렸다. 그러자 벌어져 있던 미 대통령의 입술이 악다물어졌다.

사방이 온갖 소동들로 시끄럽지만 내 주위만큼은, 아무 것도 존재하지 않는 듯한 고요함만이 흘렀다.

그대로 발걸음을 옮겼다.

*　　　*　　　*

중국과 러시아의 장기 집권자가 '달의 뒷면'의 일원이 아니었다면 상황은 지금에 비하여 조금 더 느릿하게 흘러 갔을지도 모른다. 그렇지만 그 둘도 죽었고, 이제 이 세계는 매초 매분마다 태풍이 이는 장강의 격랑(激浪)보다도 더 격렬하게 변해 갈 것이다.

대중들이 나를 바라보는 시선과는 상관없이, 세계의 기 득권자들이 나를 지칭하게 될 단어는 결국 하나로 정해져 있다.

인류의 적.

알고 있다.

나는 잠시 동안 그렇게 불릴 것이다.

또한 그것이 이 세상이 겪어야 할 홍역인 것이다.

정화(淨化)의 시대는 그 홍역을 극복한 뒤에 도래할 것 이다.

*　　*　　*

그러니까 그게 당신들의 세상에 불을 지른 이유입니다.
미안합니다.
아버지, 어머니, 사랑하는 내 동생 영아…….

제6장

결의안

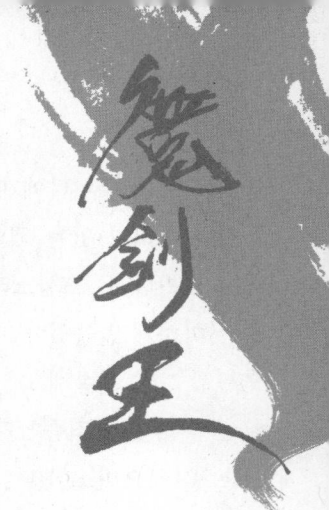

책상 너머로 마주한 두 사람을 쳐다보았다.

항상 사춘기 소년과 같은 장난기가 다분하였던 팀이 이제는 세상의 온 짐을 다 짊어진 듯한 심각한 표정으로 부동자세를 취하고 있었다. 그리고 그 옆에 푸니타는 수트를 들고 서 있었다.

말해.

눈빛을 보내자 팀이 대답했다.

"인터뷰 준비가 끝났습니다."

팀은 아마도 푸니타가 옆에 없다 할지라도, 나를 사부라고 부르지 못했을 것이다.

팀이 푸니타에게 고갯짓을 했다. 그런데 그녀는 선고를 기다리고 있는 죄인 같이 굴었다. 초조한 마음이 그대로 드러나서, 조심스레 다가서는 자세가 보는 이까지 조마조마하게 만들었다.

"죄, 죄송해요."

무엇이 죄송한지는 모르겠지만, 푸니타가 간신히 울음을 참으며 말했다.

팀도 불안한 눈길로 그녀를 쳐다보다가 그녀에게 성큼성큼 다가갔다. 그리고는 그녀에게서 수트를 가져와서, 그녀를 서재 밖으로 내보냈다.

그때 나는 옷장 앞의 거울에 마주하고 서서 거울 안의 녀석을 노려보고 있었다. 두 눈에 시퍼렇게 날이 선 녀석은 '전부 본교의 병사가 되어라!', 라는 듯한 얼굴을 하고 있었다.

계속 이런 얼굴이면 곤란하지. 눈매를 조금이나마 풀어 보았다.

오늘 인터뷰는 혈마교의 총 책임자가 대변인의 입을 통해서가 아니라 직접 하게 될 것이다.

"기자를 데려와라."

"예."

팀이 짧게 대답하고 나갔다.

수트로 갈아입은 다음, 기자를 기다리면서 리모컨 버튼
을 꾹꾹 눌렀다.

*[두 정상(頂上)의 죽음에 국제 사회 분노가 최고조
로…….]*

[동석하고 있었던 네 명에 대한 지대한 관심이…….]

*[소수의 사람들이 그렇게 말하죠! 인류를 위한 성스러
운 응징을 살해(殺害)라고 평가절하하는 그들의 면면을 살
펴보면 공통된…….]*

*[중국, 러시아, 일본의 대대적인 군사적인 움직임이 포
착되어, 정부는…….]*

*[육군 전략 사령부의 전언에 따르면 총력을 기울여
GATE를 통제하고 있으며, 중동의 내전에 개입할 가능성
은 충분…….]*

*[침묵으로 일관하고 있는 교황청을 과연 신중하다고
만…….]*

*[지금 보시는 곳이 혈마교의 총 교단과 사원이 있는 섬
으로, 레돈도 비치에서…….]*

[그가 테러리스트와 무엇이 다릅니까!]

*[다양한 분야의 세계적인 석학들이 GATE 조사에 착수
하였으며, 그런 정부의 조치에 우려를…….]*

[새로운 도전에 대한 새로운 대응이 필요하다고 연설하
였던…….]

　　[난민촌의 일만 오천여 명 외에도 난민들이 꾸준히 유
입되고 있는 가운데, 혈마교와 그의 뜻에 동참한다고 밝
힌 시민들의 지원이…….]

　　[안전보장이사회의 상임이사국 긴급회의에 전 세계인의
시선이 집중…….]

　　미국 내의 모든 채널이 그로부터 13시간이 지난 지금
까지, 긴급 보도만 내보내고 있다. 그들은 어떤 오락 프로
그램과 스캔들로도 시민들의 관심을 돌릴 수 없다는 것을
알고 있었다.

　　기자가 문을 열고 들어오는 시점에서 전원 버튼을 눌렀
다. 격양된 리포터와 시민들의 목소리가 사라지고, 창밖
에서 들려오는 공사 소리가 더 뚜렷해졌다.

　　온갖 매스컴들이 금방이라도 지구가 멸망할 것처럼 굴
고 있다지만, 몇몇 지역들을 제외한 대부분의 일상은 크
게 달라진 것이 없을 것이다. 이쪽의 공사가 여전한 것처
럼 말이다.

　　탁.

　　기자가 거친 턱수염을 매만지면서 방문을 닫았다.

나는 턱수염을 매만지는 기자의 그 버릇이 반가웠다. 저쪽 세상의 색목도왕도 긴장감을 해소시키려고 할 때마다 그렇게 했었으니까.

　이윽고 그가 보고서를 가져온 인턴처럼 책상 앞에서 우두커니 섰다.

　이쪽 세상에서 그의 이름은 클레이튼 쿠퍼.

　저쪽 세상에서의 색목도왕과 이어진 자.

　그와는 사천 대지진 때 한 번 마주쳤던 적이 있었다. 하지만 '끈'은 어떻게든 이어지고 마는 것인지, 그는 본교에 접근을 시도했던 기자들 중에 가장 앞서 있었다.

　이를테면 항모타격전단과의 전투가 발발한 진짜 이유까지 알아냈고, 알렉스가 본교의 배교도들을 제거하고 다니고 있는 정황과 증거까지 확보했을 뿐만 아니라, 최종적으로 한국 유학생 '정진욱'이 본교의 중요 인사들의 연결고리라는 점에 착안하여 본격적인 조사를 앞에 두고 있었다.

　그러던 중에 본교의 연락을 받자마자, 조금의 고민도 없이 바로 들어온 것이다.

　"반갑습니다. 정."

　그렇게 첫인사를 하는 그에게 탁상 위의 서류 뭉치를 쓱 밀어 보였다.

내가 보인 서류 뭉치 전부가 본인의 노트북에 담겨 있던 인터뷰 자료들이라는 것을 확인한 그는, 불쾌해하기보다는 개운하다는 식으로 반응했다.

"역시 이 때문이었군요."

물론 그의 눈에는 두려움이 깃들어 있기는 했었다. 그러나 그의 흥분과 열의가 더 먼저 와 닿았다.

"인터뷰는 이상 없는 것입니까?"

그가 물었다.

나는 대꾸 없이, 인터뷰 자료 중에서 알렉스에 대한 것들을 따로 떼어 냈다. 그런 다음 수북이 쌓인 종이 위를 집게손가락 끝으로 툭툭 건드렸다.

"왜 공개하지 않았지?"

내 손가락 끝이 목이 베어져서 죽은 유명 배우의 사진 위에서 멈췄다.

그는 놀라지 않았다.

"정의 결정을 이해합니다."

그가 오랜 고민 끝에 입을 열었다.

살기 위해 꾸미는 말이 아니라는 것을 증명하듯, 그의 어조가 분명했다. 또한 사진을 바라보는 그의 표정에는 동정과 냉소가 뒤섞여 있었다.

그 표정은 투철한 사명감으로 무장한 기자가 지을 법한

것이 아니었다.

운명 때문일까.

그의 초반 인터뷰에서는 객관적인 사실을 담기 위한 노력의 흔적이 보였다.

그러나 어느 순간부터 그의 인터뷰는 인터뷰 대상자들로 하여금 본교의 우호적인 대답을 유도하는 식으로 변질되어 있었다.

마치 그러한 대답들만 듣고 싶어 하는 본교의 추종자처럼 말이다.

"퇴사한 이후에도 프리랜서로 활동하다가 그만두었더군."

과거를 회상하는 것인지, 그가 잠시 동안 생각에 잠겼다. 그러는 동시에 목걸이로 걸고 있는 USB를 만지작거렸다.

그 안에는 내전의 참상이 기록되어 있을 것이다. 미국으로 들어오기 직전까지, 그는 줄곧 중동의 내전국에서 활동하고 있었다. 내가 정오에 중단시킨 내전의 현장에서 말이다.

"예. 줄곧 저는 내전과 난민촌을 취재하고 있었습니다. 한 번은 네 살배기 소녀를 취재했던 적이 있었습니다. 그런데 카메라를 들이대자, 무릎 꿇고 손을 들더군요. 카메

라가 총인 줄 안 겁니다. 가여운 소녀…… 반면에 전 참
잔인했지요. 그날 이후 기자로서는 카메라를 들 수 없었
습니다."

"그러다 다시 시작했지."

그가 훗, 하고 자신을 짧게 비웃었다.

"정신을 차리고 보니, 한 손으로는 카메라를 조립하고
다른 한 손으로는 항공사에 근무하는 친구에게 전화를 걸
고 있었습니다."

그러고는 사진 속의 죽은 배우를 다시 쳐다보며 말했다

"……4년 만에 처음으로 총성이 그쳤습니다. 중동뿐만
이 아닙니다. 인류는 처음으로 전쟁을 멈췄습니다."

결의에 찬 두 눈이 앞에서 번뜩였다.

"누구도 이 위대한 걸음을 막아서는 안 됩니다. 인류에
게는 다시 오지 않을 기회입니다."

그가 눈을 감았다가 떴다. 그의 눈빛이 많이 차분해졌
다.

"하찮은 제 생각보다는, '그분'의 아래에서 '그분'의
말씀을 직접 듣고 있는 분의 생각을 듣고 싶습니다. 인터
뷰를 시작해도 될까요?"

본교의 문장이 걸린 벽을 등지고 앉아, 책상 위에 올린
두 손을 깍지 끼고 대답했다.

"그러지."

두 시간에 걸친 인터뷰를 마친 이후에 클레이튼을 팀에게 빈방으로 보내게 하고, 나는 잠깐 부모님의 아들로 돌아갔다. 그러니까 달의 뒷면을 모조리 제거한 다음으로부터 16시간쯤 지났을 때였다.

그동안 두 분 부모님과 영아는, 저택 안에 거처가 마련되어 있음에도 불구하고 항상 해안에만 있었다.

내가 미 본토에서 안전히 돌아오기만을 기다리는 것이었는데, 자정의 사건 이후에는 저택에 들어가 나오지 않고 있었다.

우리 가족의 방이 있는 복도에 접어들었을 때, 마침 방문을 열고 나오는 영아와 딱 마주쳤다.

영아는 휘둥그레진 얼굴로 내게 달려오다시피 했다. 그러고는 곧장 집게손가락을 제 입술에 댔다.

쉬잇.

영아가 내 손목을 잡아끌었다. 우리는 저택 밖으로 나갔다.

"괜찮아? 다친 데 없어?"

그러고는 한 번에 많은 말들을 늘어놓았다.

"엄마 아빠, 이제 겨우 잠드셨어. 계속 오빠 걱정만 했다고. 천재지변이 났는데 어디서 잘못된 게 아니냐고 하시면서. 방으로도 안 들어가시려는 걸, 겨우겨우 방으로 모셨다니까. 오빠. 그동안 워싱턴에 있었어? '그분'과 같은 곳에 있다 온 거지?"

그런데 영아는 어쩐지 평소와 달랐다.

지난 며칠간 해안에서 부모님과 도란도란 이야기를 나눌 때 보였던 얼굴이 아니었다. 그래, 내가 교도들을 모아놓고 질의 응답을 가졌던 때보다 한층 더 흥분에 찬 모습이다.

한숨도 자지 못했을 텐데도, 영아의 두 눈은 펄떡펄떡 뛰는 잉어를 연상시킬 만큼 흥분과 활력으로 가득 차 있었다.

"그렇지? 엄마 아빠는 내게 맡기고, 오빠는 해야 하는 일을 해. 우리 걱정하지 마. 우리, 잘 적응하고 있으니까."

늦은 밤.

클레이튼보다도 영아만 자꾸 생각났다.

그러던 무렵 리차드 청이 들어왔다.

동생의 복수가 이루어졌음에도 불구하고, 그에게는 기뻐하는 기색이 조금도 없었다.

오히려 더 다급해 보였다.

서재까지 오는 동안 빠르게 뛰어왔던 것이 분명하게도, 그 짧은 사이에 그의 관자놀이에는 벌써 땀방울 하나가 맺혀 흘러내리고 있었다. 그가 가쁜 호흡을 내뱉으며 말했다.

"상임이사국 긴급회의가 끝났습니다."

*   *   *

[유엔 안전보장이사회 결의안]

안전보장이사회는 유엔 헌장 7장 제39조(안전보장이사회는 평화에 대한 위협, 평화의 파괴 또는 침략행위의 존재를 결정하고, 국제 평화와 안전을 유지하거나 이를 회복하기 위하여 권고하거나, 또는 제41조 및 제42조에 따라 어떠한 조치를 취할 것인지를 결정한다)를 상기하며,

그의 불가항력적인 무력 행위가 국제 평화를 이룩해 나가기 위한 국제 사회의 노력에 대한 도전이며, 국제 평화와 안전에 심각한 위협임을 확인한다.

그에 국제 사회 여타 안보 및 인도주의적 우려에 호

응하는 것의 중요성을 강조하고, 그가 초자연적인 능력을 남용하고 있음을 개탄하며, 그가 국제 평화와 안전에 대한 가장 강력한 위협으로 지속되고 있음을 규정한다.

모든 회원국들이 유엔 헌장의 목적과 원칙들을 지지해야 한다는 중요성을 재확인하며, 유엔 헌장 7장하에 행동하며, 42조(국제 평화와 안전의 유지 또는 회복에 필요한 공군, 해군 또는 육군에 의한 조치를 취할 수 있다)에 따른 조치를 취한다.

1. 그가 미국 내 워싱턴에 행한 무력 행위와 상임이사국의 두 수반(首班)을 상대로 한 살해 행위는 국제 평화와 안보에 대한 인류 역사상 유례없던 심각한 도전 행위로서, 이를 가장 강력한 수준으로 규탄한다.

2. 모든 회원국들이 그가 초자연적인 능력을 이용한 어떤 추가적인 무력 행위 또는 도발과 그 능력의 남용을 하지 못하도록 촉구한다.

3. 모든 회원국들은 이번 사태의 군사적, 정치적 해결에 대한 공약을 표명한다.

4. 모든 회원국들은 동 결의가 채택된 날로부터 2주 이내에, 그리고 그 이후에는 위원회의 요청이 있는 경우, 2항과 3항을 상기하며 그의 전면적이고 즉각적인 이행을 위해 일체 군사적인 조치에 협력한다.

5. 모든 회원국들이 자국 영토 내에서 또는 자국 국민들에 의해 그를 대상으로 한 종교, 정치, 경제 활동이 확산되지 않도록 강력한 수단을 사용하고, 이에 관해 주의하도록 촉구한다.

a) 모든 회원국들이 그와 그를 위주로 한 단체로부터 종교, 군사, 첩보, 무력 행위가 있다고 믿을 만한 합리적인 근거를 제공할 정보가 있는 경우, 상세한 정보가 포함된 보고서를 위원회에 즉시 제출하고 위원회의 조치에 협력한다.

b) 미국은 국내의 그를 위주로 한 종교 단체를 교전단체로 승인한다.

6. 평화적 대화를 지지하고, 그가 전제조건 없이 즉각 위원회의 요구에 동참할 것을 촉구한다.

7. 그의 추가적인 무력 행위가 있을 경우, 그로부터 야기되는 국제 평화와 안보 파괴의 심각성을 인식하고, 가장 강력한 군사적 조치가 내려져야 한다는 점을 강조한다.

a) 기국과 위원회는 NPT와 IAEA의 조약에 의거한 핵무기 사용의 제재에 대한 재논의의 필요성을 인식한다.

……하략

*   *   *

— 애송이. 넌 이제 이 세계의 적이야. 이렇게 될 줄 모르진 않았겠지?

흑천마검의 즐거운 목소리가 머릿속에서 들렸다. 그러나 악의(惡意)가 아닌, 녀석의 태생적인 천성에 의한 것이라고 생각했다.

"결의안이 발표될 때에 맞춰, 인터뷰를 내보내라."

리차드 청에게 말했다. 핵무기를 사용할 수 있다는 국제 사회의 경고가 그렇게도 충격적이었던 모양인지, 내가 무슨 말을 했는지 듣지 못했다.

그가 눈을 껌뻑거리다가 서류철 하나를 더 내밀었다.

거기에는 이번 결의안에 동의한 상임이사국 대표들의 이름뿐만 아니라, 대표들과 함께했었던 보좌관들의 신상 명세까지 상세히 기록되어 있었다. 그는 이런 재능을 지니고 있으니까 정부의 위협으로 간주되었던 것이다.

리차드 청에게 처음 했던 말을 똑같이 들려준 후, 그를 밖으로 내보냈다.

그가 나가자마자 흑천마검이 유령처럼 허공을 뱅그르 날다가, 내 앞으로 하얀 얼굴을 들이밀었다.

"핵이다. 핵."

녀석이 며칠은 굶은 개처럼 두 눈을 반질거리면서 말했다.

핵을 먹고 싶어서 나를 이 세계에 해방시켰다?

아니, 단순히 그 이유만이라 하기에는 너무도 빈약하다. 녀석이 핵에너지에서 포만감을 느끼는 것은 사실이지만, 그것이 내 육신을 스스로 포기해야 할 만큼 가치 있는 일이라고는 생각되지 않는다.

무엇일까. 무엇이 녀석을 이토록 즐겁게 만들고 있는 것일까.

내가 전 세계의 적이 되어 버린 상황? 그것이 녀석에게 무슨 득이 있다고.

"그나저나 너희 하찮은 피조물들은 참 흥미롭단 말이

지."

두 강대국의 정상들이 어떤 비현실적인 죽음을 맞이했는지 전부 보게 되었음에도 불구하고, 어떻게 그런 긴급 결의안에 동참할 수 있냐는 것이었다.

"……."

언 호수 위에 사람이 많으면 많을수록, 더욱 위험해지는지도 모르고 도리어 안정을 느끼는 존재가, 흑천마검이 말하는 하찮은 피조물들이다.

위대한 지성이 때론 그런 식으로 한없이 약해지는 순간들이 있다.

하물며 기득권이 달린 문제가 아닌가.

얼음이 완전히 깨지기 전까진, 금이 간 것만으로는 호수 위에서 벗어날 생각이 들지 않을 수밖에.

"특별히 이 몸께서 죽여 줄 수도 있지."

녀석이 참석자 명부를 바라보며 말했다.

나는 고개를 저었다.

더는 의미 없는 일.

권력을 목숨보다 가치선상의 위에 두고 있는 자들을 전부 다 죽여 나가다 보면, 이 세상에 남아 있는 사람이 얼마나 될까.

　　　　*　　　*　　　*

　안전보장이사회의 결의안이 공표될 때, 인터넷상으로 인터뷰 동영상 하나가 급속도로 퍼지기 시작했다.

　동영상 안에서 나는 의자에 앉아 사선 방향에 위치한 클레이튼을 향해 고개를 돌리고 있었다.

　"인터뷰를 진행 중인 현재, 상임이사국의 긴급회의 또한 진행되고 있습니다. 이에 대해하실 말씀이 있으실 겁니다."

　클레이튼이 말했다.

　"기자회견을 통해서도 밝혔지만, '그분' 께서는 '그분' 과 본교를 적대하는 행위에 대해 엄중한 경고를 하셨습니다."

　"긴급회의가 '그분'에게 적대적인 결과를 낳을 것이라고 우려하시고 있군요?"

　"연방 정부의 대통령께서 했던 발언을 생각해 봅시다."

　"'더 큰 전쟁이 일어날 거요! 대체 무엇을 기대하고 이러는 것이오?' 라고 하였지요."

　"하지만 우리는 어땠습니까. 우리 같이 평범한 사람들, 그러니까 나나 당신이나 지금을 보고 있는 대중들은 이제 전쟁이 일어날 수 없겠구나, 하고 생각했을 겁니다."

"그랬습니다. 군사 지시를 내릴 수 있는 위치에 있는 인사들은, 그들의 결정을 앞에 두고 아무래도 두 장기 집권자의 죽음을 떠올릴 수밖에 없겠죠. 사인을 하거나 버튼을 누르는 즉시, 머리 위로 GATE가 열리는 걸 생각해 보면…… 더는 그런 상황들이 공상(空想)이 아니라는 걸, 누구나 알고 있습니다."

"그게 우리 같은 평범한 사람들의 일반적인 생각입니다. 하지만 기득권층들의 사고방식은 우리와는 다릅니다. 우리는 그걸 연방 정부의 대통령의 언사로부터 확인했습니다. 모두가 평화를 보았을 때, 연방 정부의 대통령은 전쟁을 보았습니다."

"그렇다면 생각하기 싫은 가정을 해볼 수밖에 없겠군요. 이를테면……."

"괜찮습니다."

"세계 정부에 의하여, '그분'과 당신들이 '악의 축'과 같이 규정되는 것을 말입니다. 여기서 규정하였다는 것은 그에 합당한 실력 행사까지 일어나는 것을 말합니다."

"이미 한 번 있었습니다."

"코드 301로 공개된 전투 말이군요?"

"존재하지 않은 대량살상무기 때문에 바그다드를 침공한 결과가 어땠습니까. 정부의 잘못된 결정은 선량한 장병들의 무수한 죽음을 낳았습니다. 우리는 바로 그걸 우려하고 있습니다. 바그다드나 이 섬에서 있었던 참상이 반복되는 걸 원치 않기를 바랍니다."

그렇게 말하는 동안 나는 정말이지 괴로워하는 얼굴이었다.

그때 왜 그랬는지 지금도 생생하다.

바그다드를 말하면서 이라크 수도를 떠올렸던 것이 아니라, 이슬람 제국의 수도에서 있었던 일들을 떠올렸었다.

무수히 많은 전장을 헤쳐 나온 나다. 하지만 흑천마검과의 합일체에 의한 그날만큼 잔혹한 날은 또 없었다. 지금도 한 번씩 잠에 청하면, 어김없이 그날의 광경이 꿈으로 나타나곤 한다.

"그 말씀은 저를 더 무섭게 만드는군요."

"무엇이 그렇습니까?"

내가 반문했다.

"이 인터뷰를 보고 있는 사람들은 정의 그 말을, 방어적, 혹은 '그분'의 목적하에 전 세계를 상대로 전쟁을 할 수도 있다는 말로 해석할 겁니다."

"전 세계의 정부, 정확히는 정부를 구성하고 있는 기득권층이라고 한정해야 할 겁니다. 본교의 교리를 아십니까?"

"청명한 정신에 이른 인간은 세상에 만연한 악과 고통에서 벗어나 직분에 충실하고 덕을 쌓는다. 그 덕은 바람이 불고 물이 흐르듯 하여 자연스럽게 인류에 도움을 주고, 고통으로 가득 찬 세상에 평화로움이 도래하게끔 한다."

"놀랍군요. 무슨 뜻인지 이해하십니까?"

"그 오리엔탈(Oriental)적인 교리를 이해하기 위해, 제가 어떤 공부를 했어야 했는지 정은 상상도 못 할 겁니다."

클레이튼이 분위기 환기 차원에서 옅은 미소를 지었다.

"하지만 정작 중요한 교리는 빠트리셨습니다. '그분'께서 이 '고통과 악이 만연한 세상'에 오신 목적을 말입니다. 그것을 이해 못 한다면 본교를 '혈마교'라고 명명할 수밖에 없었던 이유를 알 수 없을 겁니다. 당신뿐만이 아닙니다. '그분'과 본교를 지지하는 시민들도 본교의 명칭을 위화적으로 받아들이고 있다는 사실 또한 알고 있습니다."

"'피'와 '악마'를 긍정적인 의미로 해석하는 사람이 과연 있을까요?"

그때, 나는 클레이튼에게서 머물러 있던 시선을 카메라

정면으로 옮겼다.

"위정자들은 그들의 피를 볼 것이며, 그들의 기득권을 거둬가는 '그분'이 악마처럼 보일 것입니다."

"예?"

"오늘 우리는 위정자들의 피를 보았습니다. 기득권층들의 피를 보았습니다."

내가 계속 말했다.

"제 말이 전 세계를 상대로 전쟁을 할 수도 있다는 말로 해석할 수 있다고 하셨습니까? 분명히 말하겠습니다. 전쟁은 시작되었습니다. 전 세계에 만연한 악. 전쟁! 기아! 양극화! 불평등! 으로부터의 전쟁이 말입니다."

동영상 안의 내가 카메라에 대고 마지막 말을 남겼다.

"제가 무슨 말을 했던 것인지는, 그들의 결의안으로 확인해 보십시오. 그리고 여러분. '그분'과 본교를 지지해 주십시오. 우리는 '그분'을 향한 여러분들의 지지와 지원을 환영합니다."

*   *   *

시작은 GATE에서 유입된 난민들의 구호에 나섰던 단체를 연행하면서부터였다. 구성원들이 본교의 문장이 프

린트된 붉은 색 티셔츠를 유니폼으로 입고 있다는 것이
연행된 이유였다.

미 정부는 그들이 연행되는 이유를 얼마든지 다르게 꾸
밀 수 있지만, 그렇게 하지 않았다. 본교를 교전 단체로
승인한 만큼 더 이상 그럴 이유도 없고 그래서도 안 되는
것이었다.

레돈도 비치에도 1개 사단이 더 추가로 배치된 것뿐만
아니라, 포병 대대의 포구(砲口)를 섬을 향해 맞추었다.

또한 매스컴들은 본교에 부정적인 사건만 다뤘다. 이
를테면 캘리포니아에 거주하고 있던 시민들이 핵 혹은 대
규모의 공습을 우려하여 피난하는 행렬과, 나와 혈마교로
야기할 수 있는 위협들만을 말이다.

"GATE로 추정할 수 있는 그의 초자연적인 능력은 역
공(力攻)조차 허용하지 않지요. 상상해 보세요. 그를 향해
쏜 미사일들이 오히려 세계의 주요 도시로 되돌려 지는
광경을 말입니다. 끔찍하죠. 그것이 핵무기라면 더 더욱
이 그렇지 않습니까? 그럼에도 불구하고 세계 사회는 인
류의 존엄성을 위해 어려운 결정을 내렸습니다."

"물리적으로 대응할 방법이 뚜렷하지 않은 현 시점에서
는, 보다 원만한 해결안을 도출했어야 하는 것이 아니었

나하는 우려의 말들도 많습니다."

" '정' 의 인터뷰에서 우리는 혈마교의 파멸적인 종말관을 볼 수 있었습니다. 그러한 '과잉성'이 얼마나 위엄한 것인지, 우리는 두 번의 세계 대전에서 익히 배운바 있습니다. 사실 과거까지 생각할 필요도 없습니다. 중동으로 고개만 돌려도 볼 수 있죠. 그들과 중동의 과격분자와 무엇이 다릅니까. 그런데 더 큰 문제는 그들이 종교적인 문제에 국한되지 않고 사회적인 문제, 그러니까 극단적인 계급투쟁을 내세우고 있기까지 한다는 겁니다. 오늘만 해도 그로 야기된 큰 사건들이 여럿 일어났었죠."

"결의안은 세계 사회의 안녕을 위해, 불가피한 선택이었다는 말씀이시군요."

"그들은 갈수록 심화되고 조직적으로 변하게 될 겁니다. 그들을 비판할 수 없게 될 때가 오면 늦습니다. 정부는 시민들이 사태를 똑바로 볼 수 있도록, 할 수 있는 모든 노력뿐만 아니라 실질적인 수단을 강구해내야겠지요."

"이제는 조금 더 현실적인 문제를 이야기해야 할 것 같군요. 오늘 많은 시민들이 연행되었습니다. 그들이 규정한 '적대적인 행위'에 포함되는 것인데요, 그가 응징을 하지 않겠습니까? 제게는 결의안을 결정한 인사들이 목숨을 아끼지 않는, 영웅처럼 보이는데요"

"공감합니다. 그의 능력이라면 그에 반하는 정부의 수반들을 얼마든지 제거할 수 있겠죠. 한날한시에, 유엔 회원국 정상들을 전부 살해할 수도 있을 겁니다. 그런데 그런 일이 일어난다 해도 세계 정부는 끝까지 존속할 겁니다."

"극단적인 표현이라고만 할 순 없겠네요. 충분히 가능한 상황입니다. 그리고 그런 일이 일어난다면 정말이지 그는……."

"악마였던 것이지요. 신이 우리를 돌보시기를……."

방송만 보면 나는 악마고, 본교는 나치에 과격 테러리스트 집단이었다.

하지만 정작 중동의 내전이 며칠째 중단된 상태라는 것에 대해서는 일언반구도 없을 뿐만 아니라, 내 인터뷰로 인해 촉발된 지지자들의 대규모 시위 행렬과 영향력 있는 인사들의 지지 선언 또한 완전히 배제시켰다.

*　　*　　*

팀이 내가 요구했던 자료들을 리차드 청으로부터 받아 왔다.

"······응징하실 겁니까?"

무엇을 말하려고 그렇게 뜸을 들이나 했더니 결국 그것이었다.

내가 대답하지 않자, 그의 안색이 더욱 어두워졌다. 그가 용기를 내서 말을 이었다.

"그들부터가 그렇게 되기를 바라고 도발하고 있는 것 같지 않습니까? 그들의 의도대로 하기에는······ 교주님께서 신위를 발휘하시면 도리어 반길 것입니다. 그리고 선량한 사람들도 휩쓸릴 수······."

그래도 나는 창밖만 바라보고 있었다.

"죄송합니다. 주제넘었습니다."

본인이 심각한 실수를 했다는 것을 알아차린 팀이, 황급히 허리를 숙인 다음 방에서 나갔다.

나는 그가 나가기를 기다렸다가 옷장 문을 열었다. 서서히 드러나는 어둠 속으로 웃고 있는 하얀 입이 드러났다.

그 기분 나쁜 미소는 나로 하여금 결코 열려서는 안 될 판도라의 상자를 열고만 기분을 들게 만들었다.

— 이 나라부터겠지?

녀석이 당연한 걸 물었다.

워싱턴 D.C

대부분의 병력이 백악관 인근의 GATE에 집중되어 있었기 때문에, 국회의사당 쪽은 비교적 한산했다. 그래도 전시 체제에 돌입했다는 것을 증명하듯, 국회의사당 주변에도 소총을 든 군인들이 배치되어 있었다.

나는 국회의사당 돔 정상의 청동 조형물로 떨어졌다. 그런데 가뿐히 밟은 게 아니라, 내려서는 순간 힘을 실었다.

팡!

산산조각 터져 버린 여신상의 파편들이 사방으로 흩어져 날아갔다.

그 큰 폭발음은 오늘도 '그'와 혈마교의 활동을 제재하기 위해 모인 사람들에게 놀라움을 선사하기에 충분했다. 긴급 법안들을 통과시키려던 의원들이 일제히 쏟아져 나오고, 인근의 군인들 또한 벌써 자리를 잡아 나를 향해 총구를 겨누었다.

초겨울에 진입한 워싱턴의 차가운 바람이 나를 훅 쓸고 지나갔다. 그때 군인들도 발포를 시작했다. 납으로 된 탄환들쯤이야 내게 소용없다는 것을 모르는 바 아닐 테지만, 그들이 대항할 수 있는 방법은 그것밖에 없었다. 아니

면 의원들이 대피할 수 있는 시간을 벌어주려고 했는지도
모르겠다.

쉬이익.

붉은 궤적과 같은 잔영을 허공에 남기며 허공으로 치솟
았다.

흑천마검이 '네놈을 공격하고도, 살아남은 인간이 있다
는 소리를 듣고 싶은 거냐.', 따위로 나를 자극하지만 귀
담아 들을 만큼 훌륭한 조언은 아니었다.

손가락 하나로 죽일 수 있는 인간들의 목숨보다는, 내
발 아래에 위치한 콘크리트 건물의 영향력이 더 크다.

미국의 상징격인 그 건물을 향해 마검을 휘둘렀다.

스스슷.

천강혈마검법(天降血魔劍法)의 검로가 완성되는 순간.

하나로 이어보면 영락없이 성난 악귀의 형상과 닮은 붉
은 선들이 뇌락 같은 속도로 떨어졌다.

콰아아아앙!

미국의 국회의사당이 폭발했다.

런던

전시 체제에 돌입한 워싱턴과는 달리 런던의 오후는 평

화롭기 짝이 없다.

템스 강변의 저녁노을이 그렇게나 아름답다는 말을 들은 적이 있었다. 그러나 누군가에게는 잘 여문 홍시 빛깔처럼 보였을 그것이, 내게는 전반적으로 핏물이 젖은 것처럼 보였다.

그때, 내 손아귀에서 빠져나온 흑천마검이 나침반 바늘처럼 빅벤(Big Ben)을 가리켰다. 녀석이 말하는 것이야 뻔했다. 저것을 부셔서 영국 사회에 경종(警鐘)을 울리자는 것인데, 이번에도 내 생각은 전과 동일했다.

고딕 양식의 뾰족한 지붕들이 운집한 곳으로 향했다.

국회의사당이 선 부지로 들어가는 초입(初入). 그곳에도 시위대와 경찰들이 대치하고 있는 광경이 보였다. 미국의 상황에 비하면 약소한 규모에 불과해 보이는 것은, 이미 이쪽에서도 강제 해산이 한 차례 있었기 때문이었다. 그러니까 지금까지도 시위 중인 이들은 나의 열성적인 지지자들이라고 할 수 있었다.

과연 오늘을 기점으로, 그들이 더욱 열광할지 혹은 지탄할지 모르겠지만…….

나는 그들이 하늘을 올려다보는 가운데, 내가 해야 할 일을 했다.

흑천마검으로 허공을 갈랐고, 거기서 뻗친 붉은 검기(劍

氣)들이 유성 무리처럼 런던의 국회의사당을 향해 떨어지기 시작했다.

베이징

사방이 어두워서 내 붉은 아지랑이가 더욱 또렷해 보인다.

플레어(Flare:태양 표면에서 일어나는 폭발 현상) 같이 일렁거리는 하늘 위의 빛에, 탱크에 걸터앉아서 꾸벅꾸벅 졸고 있던 군인들이 고개를 들고 눈을 비볐다.

기계화 사단이 인민대회당(人民大會黨) 회의장 앞의 넓은 부지를 완전히 점거하고 있었다. 그들이 야단법석을 떨면서 움직이기 시작하는데, 나는 그들이 전투태세를 갖출 때까지 기다릴 만큼 한가한 사람이 아니었다.

스윽.

검흔(劍痕)이 그어진 한 박자 뒤로, 거대한 폭발음이 터져 나왔다.

프랑스와 러시아의 국회의사당까지.

상임이사국 다섯 개국의 국정 장소에 최후의 경고를 남겼을 무렵, 가슴 안에 품고 있던 수신기가 진동했다. 기

술적인 방법은 모르지만 본교가 위급 상황일 때 울리도록
한 그것이었다.

리차드 청과의 약속된 대로 내 서재로 통하는 공간의
틈을 열었다.

쏴아아아.

캘리포니아의 햇빛이 이쪽의 눈발에 부딪치듯, 모스크
바의 찬바람과 눈발도 서재 안으로 쏟아져 들어갔다.

리차드 청은 제 얼굴에 부딪치는 눈발에 두 눈을 깜박
거리면서도, 난리가 난 이쪽의 광경에서 시선을 떼지 못
했다.

나는 그가 폭파된 러시아의 국회의사당을 보고 있다고
생각했는데 그게 아니었다. 그는 나를 경이로운 시선으로
바라보고 있다가 내가 들어가는 때에 맞춰 뒤로 거리를
벌렸다.

내가 안으로 들어가면서 공력을 거둬들인 것처럼, 공간
의 틈도 닫혔다.

모스크바에서 넘어왔던 눈발이 여러 가지에 닿아서 사
라지던 그때.

"레돈도 비치에서 포격 준비를 마쳤습니다. 곧 포격이
시작될 것 같습니다."

리차드 청이 정신을 차리고 보고했다.

"자국의 피해를 대중들을 결단(結團)시키는데 이용할 겁니다. 그러니 포격을 도시로 되돌리는 것만큼은 삼가하시는 것이……."

리차드 청도 GATE를 염두하고 있는데, 그들이라고 못할까.

그들은 그들이 할 수 있는 모든 방법을 동원하여 끝까지 저항할 것이다.

하지만 그들의 상대가 이 일인(一人)에서 그들의 국민 전체로 바뀌었을 때, 그들은 지금 할 수 없었던 구국의 결단을 내릴 수밖에 없을 것이다.

제7장

참을 인(忍)

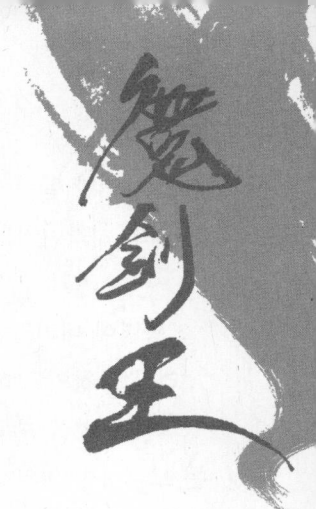

팀과 리차드 청은 그들의 피해로 하여금 대중과 군의 단결을 이끌어내려는 의도를 파악했었다. 하지만 나는 과연 그들이 포격을 시작할 수 있을지 의문을 가지고 있었다.

그들도 포격의 대상이 뒤바뀔 거란 것쯤 모르지 않을 것이다. 하지만 그것을 확인하고 말았을 때, 그들의 무기 체계는 정말로 의미를 잃게 된다.

쥐고 있기에 가치가 있었던 것이지 던지는 순간 의미가 없어지는 것이다.

그런데 그들이 포격을 감행할지 아니할지, 신경 썼던

것이 무색한 일이 일어났다. 그리고 그 일은 내가 바라 왔던 일의 시작이기도 했다.

"명령이 내려졌습니다. 그런데……."

리차드 청의 말이 길게 늘어졌다.

그가 무엇을 보고 있는지는 알 수 없으나, 그가 보고 있는 모니터 너머의 자료들이 정상적으로 보이지 않았다.

"포격이 없군."

명령이 떨어졌으니 자주포가 바다를 향해 포탄을 발사하고 있어야 하는 게 맞았다. 그런데 그러한 징후는 어디에도 없었다.

군부대가 집단적으로 상부의 지시를 어기고 있다고 밖에 여겨지지 않았다. 그들은 본인들이 쏜 포탄이 저희들의 머리 위로 떨어지는 상황을 가정하고 있을 수도 있었다.

하지만 엄격히 유지되고 있는 미군의 군율을 생각해 보면 일시적인 현상으로 생각됐다.

타닥타다닥.

노트북 키보드에 올려진 리차드 청의 손놀림이 더욱 분주해졌다. 그의 미간이 찌푸려졌다 펴지길 계속 반복했다.

"항명(抗命) 상황……인 것 같습니다."

초지일관 긴장되어 있던 그의 목소리가 그 순간만큼은 눈에 띄게 밝아졌다.

그때 팀이 서재 문을 확 열고 들어왔다.

문이 열리면서 일찍이 시끄러워진 복도에서의 소음도 함께 들어왔다.

"우리도 싸울 수 있습니다!"

"총을 지급해 주세요!"

"정! 우리가 해야 할 일을 알려 주십시오!"

다섯 개 국의 국정 기관이 파괴되자마자, 그 일이 동시다발적으로 전파를 타고 알려진다.

정말이지 이 세상은 빨라도 너무 빠르다.

우리에게도 크게 필요한 것이 아니었다면, 지금쯤 나는 우주 공간 안에 있어 궤도상의 통신 위성 전부를 제거하고 있을 수도 있다고 생각했다.

팀이 말했다.

"해병 1사단 사단장이 핫라인으로 연락을 취해 왔습니다."

팀이 긴급하게 들어온 순간 가졌던 기대가 현실이 되었다.

오!

리차드 청이 눈을 크게 뜨며 나를 쳐다봤고, 나는 고개를 끄덕였다.

나는 팀과 리차드 청이 보는 앞에서 옷을 갈아입고, 흑천마검을 거대한 화구통에 집어넣어 어깨에 걸쳤다. 그동안 리차드 청은 팀에게 그가 해야 할 일들을 알려 주었다.

우리가 다 같이 서재 밖으로 나오자, 용병들에게 가로막혀 있던 계단 앞의 사람들이 정! 정! 하고 외쳐대기 시작했다.

팀이 그쪽으로 걸어가 말했다.

"아직 SNS가 정지되지 않았거나 세컨 계정을 가지고 있는…… 아니 그냥 전부 나를 따라와. 우리가 잘할 수 있는 일들이 있잖아."

용병들이 비켜준 길 안으로 사람들이 우르르 밀려 나왔다.

팀이 그들 전부를 대동하며 좌측으로 이동하기 시작할 때, 나도 리차드 청과 함께 보안실을 향해 걸음을 옮겼다.

보안실의 해커들과 용병들이 기립한 상태로 나를 기다리고 있었다. 이제 나는 여기서 신의 대리자로 여겨지고 있다.

네이비씰 요원 24인이 여전히 구금되어 있는 구금실을 지나치면 모니터룸이 나온다. 멈추지 않고 그대로 들어갔다.

핫라인 전용으로 따로 구비된 컴퓨터 앞에 앉자, 리처
드 청이 모니터 옆에 비스듬히 걸쳐져 있던 헤드셋을 내
게 건넸다.

헤드셋 안에서 굵은 목소리가 바로 튀어나왔다.

헤드셋을 쓰는 도중에 일었던 노이즈를 들었던 것 같았
다.

— 연결되었소? 연결되었소?

목소리가 다급했다

— 됐소.

— 그쪽은 정이오?

— 맞소.

— 나는 로버트 록우스라 하오.

— 해병 1사단장.

— 맞소. 내가 해병 1사단장이오.

공식적으로는 '혈마교를 대상으로 한 잠재적인 위협으
로부터의 안전 확보'를 위해 레돈도 비치에 배치된 해병
들의 수장.

— 상황이 급박하니 짧게 말하겠소. 내게는 나와 뜻이
같은 친구들이 있고, 우리는 '그분'에게 감명 받은 이들
이오. 그리고 우리는 LA와 LA로 들어오는 모든 교통망을

확보해야 한다고 판단하고 있소.

그가 직설적으로 전향(轉向)을 밝혔다. 그리고 상황이 급박하다는 말이 틀림없게도, 온갖 고함 소리가 그 너머에서 무척이나 시끄러웠다.

— 우리가 하고자 하는 일이 '그분'의 뜻에 어긋나는 것이 아닌지 확인해야만 하오. YES, NO로만 대답해 주시오.

그쪽의 총성을 들으며 마이크에 대고 말했다.

— YES

내가 대답하자마자.

뚝.

연결이 뚝 끊겼다.

나도 헤드셋을 벗어 버린 다음, 눈을 끔벅끔벅거리고 있는 리차드 청을 손짓해 불렀다.

"해병 1사단장 로버트 록우스가 전향하였다. 알아보도록."

와!

해커들과 용병들의 입술 사이로 외마디 탄성이 터져 나왔다.

서재로 돌아와서 모니터 전원을 켰다. 동시다발적으로

일어난 충격적인 사건들에, 매스컴이 혼란스러워하는 게 너무나도 잘 보였다. 오 개국의 국정 시설이 파괴된 것을 중구난방으로 보도하던 것이 이윽고 한 가지 사건으로 집중되기 시작했다.

해변에서 온 해병들이 장갑차에서 내리자마자, LA 주요 관공서들을 우선 점거한다. 그리고 방송 헬기를 파견했던 채널에서는 그 관공서에서 손을 들고 나오는 경찰과 소방관들에게 시점을 맞췄다. 시민들은 거리에서 보이지 않는다.

해병들이 시청으로 들어가던 무렵, 리차드 청이 자료들을 가지고 들어왔다.

"PTSD(외상 후 스트레스 장애)가 있었다?"

새삼스럽게 리차드 청의 능력에 다시 놀랄 수밖에 없었다. 짧은 시간에 그는 로버트 록우스의 생애에 들어갔다 나왔다.

리차드 청이 로버트 록우스와 관련된 서류들을 쭉 나열했다. 로버트 록우스가 차명(借名)으로 숨겨두었던 의료기록도 있었다.

"걸프전뿐만 아니라, 이라크 전쟁에도 현장에 있었습니다."

그는 군인 집안에서 태어났다. 그의 아버지는 한국전쟁

에서 죽었고, 그의 형과 동생도 군에 입대하여 베트남에서 전사했다.

그의 집안 남자 중에서 군인으로 살아남은 사람은 그가 유일했으며, 그러한 불행에 대한 보답이라도 하듯 그는 가장 출세하였다.

그야말로.

베트남 전쟁, 걸프 전쟁, 이라크 전쟁 등 현대의 굵직굵직한 모든 전장들을 다녀본, 살아 있는 군인의 표상이라 할 만했다.

그런 그가 군에 회의를 느낀 것이 걸프전 이후로 보였는데, 계속 군에 남아 있었던 이유는 바그다드에서 내렸던 그의 지시들을 통해 알 수 있다.

그의 지시들은 효과적인 진압 통제보다는 거주민들의 안전에 초점이 맞춰져 있었다.

실제로 그러한 지시들이 문제가 되어 주요 자리에서 밀려났던 그가, 이렇듯 해병 1사단의 사단장까지 오르게 된 것은 거의 전례가 없던 일이기도 했다.

두두두두.

그날 저녁, 로버트 록우스가 탄 헬리콥터가 섬에 착륙했다.

매스컴은 더 시끄러워졌다. 리차드 청이 찾았던 자료들을 그들도 찾았고, 로버트 록우스의 반란을 대서특필로 다루고 있었다.

그의 군화가 섬에 첫발을 디뎠다. 그러고는 내가 어디에서 그를 지켜보고 있는지 알고 있다는 듯 이쪽 창부터 올려다봤다.

그가 들어왔다.

우리는 서로 인사 나눌 필요가 없었다.

그는 일단, 겨드랑이에 끼고 있던 군사 지도부터 책상에 펼쳐 놓았다.

LA와 맞닿은 벤추라와 글레데일 그리고 샌티애나로 나뉘지는 구역선이 붉은 선으로 굵게 칠해져 있었고, 그 붉은 선 안의 지역이 본교의 점령지라는 것부터 밝혔다.

섬에 들어오기 전에 거쳐야 하는 거점들과 그곳에 배치된 병력 규모에 대한 설명도 마쳤다.

"우리의 결단이 여기서 그치지 않고, 계속되어야 한다고 생각하고 있소. 그래서 필요한 이들을 수소문하고 있소."

그의 보고가 끝났다.

그는 어떤 인사를 하는 것보다도 확실한 존재감을 드러냈다.

하지만 '그분'의 앞에서는 그가 움직일 수 있는 병력의 규모나 가능한 화력들을 말하는 것이 한없이 보잘것없어 진다는 것을 모르지 않기 때문일까? 아니면 내 기세에 눌린 것일까?

아마도 그 둘 모두겠지만, 그는 보고를 끝낸 다음 소파에 조신하게 앉았다.

그래도 목소리만큼은 장성 특유의 힘이 여전히 실려 있었다.

"혈마교의 조직이 어떤 식으로 운영되고 있는지 알고 있소. 지금부터 나도 모두가 그러하듯이, 정을 내 상관처럼 대하겠소."

"'그분'의 뜻에 따라."

내가 그렇게 말하며 고개를 끄덕이던 그때.

리차드 청은 두 눈을 부릅뜨고 지도상의 여러 구역에 마킹부터 하고 있었다.

가만히 보니.

리차드 청이 마킹한 구역들은 하나같이 방송국들이 위치한 곳으로, 내가 내렸던 지시를 잊지 않고 있었던 것이다.

*　　　*　　　*

상부의 포격 명령 때문에 결단일(決斷日)이 앞당겨지기는 했지만, 로버트 록우스의 전향은 충동적으로 이루어진 것이 아니었다. 그래서 LA를 점령한 그날 밤에, 그는 무엇을 해야 하는지 잘 알고 있었다. 첫날 몇 시간이 가장 중요한 법이다.

나는 그가 해야 하는 일들을 하게 두고 팀과 다나 샤론과 함께 헬리콥터에 올라탔다.

LA의 밤하늘을 뚫고 가는 도중, 다나 샤론은 바깥을 계속 쳐다봤다.

철수한 경비정들로 고요하기만 한 연안, 군 장교들이 시위대와 기자들을 한데 모아 놓고 뭔가를 열심히 설명하는 해안 위 등.

그녀의 눈에 여러 광경들이 빠르게 담겼다가 사라졌다.

우리는 그렇게 LA 시내 중심까지 곧장 날아왔다.

우리가 상공에 있던 그때는 시내에 군인들이 그렇게 많이 있지 않았다. 병력 대부분은 시내 외곽에 배치되어 있기 때문이었다. 그래도 거리는 한산했으며, 급히 귀가하는 차량들이 뿜어내는 경적 소리가 하늘 위까지 닿았다.

17층 빌딩 옥상에 내려섰다. 거기에서 해병 다섯이 우리가 탄 헬리콥터를 기다리고 있었다.

우리가 내려선 곳은 공영 채널 1개를 비롯해 총 18개의 채널을 다루는 LA의 대표적인 방송국이다. 영문 철자 몇 개를 큼지막하게 세운 네온사인이 해병들의 등 뒤에서 빛을 발했다.

해병들의 심각한 얼굴이 환한 빛과 대조되어 보였다.

"오늘 밤은 무척 길겠어요. 그죠?"

다나 샤론이 해병들에게 웃으면서 다가갔다. 그러자 그들의 통솔자가 다나 샤론에게 거수경례를 했다. 다나 샤론이 내 의중을 묻는 눈으로 나를 쳐다봤고, 나는 고개를 저었다.

"경례는 말아요. 다나 샤론입니다."

다나 샤론이 손을 내밀었다.

"레이몬드 루이스입니다."

해병 1사단 중령 계급장이 달린 군복을 입은 사내가 다나 샤론의 손을 맞잡았다. 그러는 도중 그의 시선이 다나 샤론의 어깨너머, 내 쪽으로 향했다.

그가 다나 샤론과 악수를 나눈 뒤 내 앞으로 다가왔다.

"당신이 정이군요. 상황 보고부터 하겠습니다. 방송 가능합니다."

그것으로 부족하다 생각했는지, 그가 바로 덧붙여 말했다.

"자발적으로 참여한 이들입니다."

그럼 문제 될 것 없다.

고개를 끄덕였다.

중령의 안내를 받아 방송국 직원들이 대기 중인 스튜디오로 이동했다.

해병들이 그러했듯이, 자발적으로 남아 있던 방송국 직원들도 거기에서 우리를 기다리고 있었다. 그리고 그들은 다나 샤론을 오랜 친구처럼 크게 환영했다. 불안한 마음을 지우기 위해서라도 말이다.

그들의 지지에 감사하다고 밝힌 다음, 다나 샤론에게 눈빛을 보냈다.

시작해.

다나 샤론이 손으로 대충 머리를 만지면서 스튜디오에 마련된 소파에 앉았다. 그녀가 편안한 자세로 고치며 말했다.

"여러분들처럼 LA 시민들 전부가 정말 불안하고 있을 거예요. 바로 시작할게요."

인터뷰라면 신물 나게 해봤던 그녀였기에 스텝들을 다룰 줄 알았다.

그녀가 가리키는 방향에 따라서, 조명이 켜지고 카메라에 레코딩 램프에도 불이 들어왔다.

어둠이 자리한 구석 쪽으로 자리를 옮겼다.

바로 큐 사인이 들어간다. 나도 모니터용 텔레비전으로 시선을 돌렸다

방송국 심벌 대신 본교의 문장이 화면을 가득 채웠다가 사라졌다. 다나 샤론이 짓고 있는 걱정스러운 표정에서 점점 줌아웃 돼, 소파에 앉아 있는 그녀의 전신이 담겼다.

두려워 말아요, 로 시작된 다나 샤론의 삼십 분짜리 영상이 그날 아침까지 계속 송출됐다.

그리고 아침이 밝자마자 영상에서 밝힌 대로 LA에서 샌디에고로 나갈 수 있는 5번, 73번 고속도로가 일시 개 방됐으며, LA 경찰과 소방관 그리고 공무원들도 업무에 복귀했다.

시민들이 불안에 떨며 밤잠을 지새우던 것이 무색하게 도, 이튿날부터 다시 시작된 그들의 일상은 일단 크게 달 라진 것이 없어 보였다. LA에서 떠나는 시민들의 행렬은 생각보다 많았다. 떠나는 이들도 대부분 베빌리힐스의 거 주민들로 편중되어 있었다.

그러던 정오에 연방 정부의 발표뿐만 아니라 세계 각국 의 입장 표명이 있었다. 세계 전부라고 해도 과언이 아닌 연합군이 구성된 것이다. 외계인이 침공해도 이렇게나 단

합쳐질 수 있을까 싶을 정도의 규모였다.

그것은 아마도 내가 그들과 똑같은 '인간'의 모습을 하고 있기 때문이리라.

그래서 그들에게 내 존재가 발이 아홉 개 달린 어떤 것보다도, 파충류 피부를 가진 어떤 것보다도, 머리만 큰 어떤 것보다도 위협적인 것이겠지.

사실 연합군이 구성되었다고 해도 그들의 취할 수 있는 행동반경은 매우 한정적이라, 그들의 연합을 일종의 시위로 규정하는 게 맞을 것이다.

'그분'을 향한 일종의 무력시위고, '그분'을 지지하는 사람들에 대한 경고다.

소강상태를 맞이했던 것도 그래서 잠깐이었다.

빠아앙.

온갖 차량들의 경적 소리가 LA 전체를 채운다. 정오의 발표 이후 LA 시민들의 대규모 피난 행렬이 시작됐다.

우리는 그것을 막지 않았다.

로버트 록우스에게도 해병 1사단을 방어적인 목적에만 운영하도록 경고 아닌 경고도 마쳤다. 그러고는 몸을 일으켰다.

미 육군의 몇 개 사단이 5번 고속도로로 들어오고 있었다.

　　　　　　*　　　*　　　*

　고함지르고, 울고, 화내고, 싸우고, 경적을 울리고, 침을 뱉고.

　"저 변절자들 때문에 우리는 집을 잃었어!

　"다에나!　여보. 다에나가 없어!"

　"너희들이 지킬 사람은 저 광신도가 아니라 이 나라 미합중국이라고!"

　LA에서 빠져나오는 5번 고속도로 위는 종말의 한복판이나 다름없었다. 모두가 다 금방이라도 핵폭탄이 떨어질 것처럼 굴고 있었다.

　1사단 소속의 해병들 사이에도 불안한 분위기가 팽배하긴 마찬가지다. 속닥거리면서 장교들의 눈치를 살피고, 장교들도 그들보다 더 높은 자수 계급장을 단 이들을 쫓았다.

　그러던 그때, 해병들이 바빠졌다.

　"움직여! 움직여!"

　해병들은 끊임없이 의심하면서도 상관의 지시에 따라, 무기를 들고 움직였다.

　5번 고속도로가 통제됐다.

해병 하나가 바리케이트에 막혀 아우성인 시민들에게
소리쳤다. 불안하고 짜증 나긴 그도 마찬가지였던 것이
다.

"전차에 깔리고 싶어? 돌아가! 가서 기도하라고! '그
분'이 오시도록 말이야! 그래. 잘 말했어. 빌어먹을 '그
분'에게 말이야!"

시선을 좀 더 멀리 잡았다.

샌디에고 방향에서 기갑 부대가 들어오고, 글레데일로
꺾어지는 방향에서도 수송전차와 함께 공격헬기가 빠르게
가까워지고 있었다.

이윽고 그것들이 1사단 해병들이 육안으로 확인할 수
있는 거리로 진입했다.

"오. 하느님."

버릇처럼 중얼거리는 해병.

"저들에게 총을 겨눌 수 없어. 내게 총을 쏴도 말이야.
이러려고 입대한 게 아니야. 육군 3사단에 내 동생이 있
다고!"

고개를 가로젓는 해병.

"이 병신들아! 이렇게 될 줄 몰랐어?"

주변에 소리치는 해병.

전향을 결정한 것은 로버트 록우스와 그의 동료들이지

이들 전부가 아니다.

해병들이 느끼는 혼란과 두려움이 바람에 실려 왔다. 그래도 장교들의 지시에 따라 일사불란하게 움직이고 있는 것은 훈련된 본능이라고 할 수 있었다.

그러던 그때였다.

처억!

모두가 거짓말처럼 동시에 입을 닫고 고개를 높게 들었다.

그들은 눈으로 부딪쳐 들어오는 뜨거운 바람에 고개를 비틀었다가, 다시 눈을 비비며 두 눈을 부릅떠 보였다. 그러한 그들의 눈동자 안으로 한 인형(人形)이 맺혔다.

바로 나.

열화(熱火)에 휩싸인 '그분' 말이다.

…….

하지만 이들이 열광하는 힘은 결국 내가 아니라 흑천마검에게서 나온다는 것을 인정할 수밖에 없다. 검자루를 쥐고 있던 손을 놓자, 흑천마검이 곧장 튕겨져 날아갔다.

내가 움직인 기류(氣流)에 따라 날아가는 궤도가 급히 틀었다.

아래로 떨어지던 것이 순간에 평행으로 눕혀지며, 해군 1사단과 건너에 멈춘 육군 사단들 사이 중간을 정확히 갈랐다.

쏴아아.

공간이 쭉 찢어진다.

이들이 GATE라고 명명한 그것으로 인해 드러난 곳은, 금일 다시 전투를 개시한 중동의 한 지역이었다. 정확히는 극단적 무력단체의 최고 병영이다. 내가 신위를 드러내기 전까지만 해도 이들이 국제 사회의 지탄의 대상이었다.

미 대통령은 그들을 '죽음의 네트워크'로 통칭하며, 그들을 해체하기 위해 광범위한 국제연합체와 협력하겠다고 밝힌 적이 있었다.

내가 워싱턴에 GATE를 열어 두었던 것도 바로 이들의 격퇴를 의중에 두었던 것이다. 하지만 미 정부는 GATE의 내외를 통제하기만 할 뿐 군대를 진입시키지 않았다.

"너희들은 저쪽의 전쟁을 끝낼 수 있다. 가라. 나를 대신하여."

나는 전쟁을 시작하려는 자들에게, 끝낼 수 있다고 말했다.

양쪽의 병사들이 웅성거리면서 갈라진 틈 안을 응시했

다.

그리고 그 안에 자리한 것이 중동의 평화를 파괴하고 있는 극단주의자들의 병영이라는 것을 알아차리기까지 그리 오래 걸리지 않았다.

*   *   *

[나 로버트 록우스요. 우리는 GATE로 들어갈 거요. 그대는 어찌하시겠소?]

[소장. 그의 명령 때문이라면, 부디 한 번 더 심사숙고 하십시오.]

[전향을 한 것도 GATE에 진입하려는 것도, 모두 내 신념에 의해서지 어떤 명령에 의해서가 아니라오. 나는 그대도 나와 뜻을 함께하여 올리버 사단장과 호머 대령을 설득해 주길 바라오. 우리는 저 극단주의 세력들을 격퇴할 수 있소.]

[로버트 소장.]

[여기에는 그간 우리가 치를 수밖에 없던 전쟁들과는 달리, 어떤 실익(實益)이 없소. 평화를 우리 손으로 만들어 낼 수 있다는 일념뿐, 다른 무엇도 개입되어 있지 않은 것이오. 나와 뜻을 함께하지 않아도 좋소. 상부의 명령에 따

라 LA에 진입하여도 좋소. 하지만 그러는 동안, 인류의 평화를 위해 그대가 무엇을 할 수 있는 생각해 보시오. 나는 저들이 응전 태세를 갖추기 전에 진입해야겠소. 이상이오.]

기갑 부대의 사령과 통신을 마친 로버트 록우스는 휘하의 주요 지휘관들을 향해 게이트를 가리켰다. 진입 명령이었다.

그 순간, 공간의 틈은 마치 자아를 가지고 있는 것처럼 많은 해병들이 동시다발적으로 진입할 수 있도록 틈을 더 벌렸다.

기동 준비 시간이 지났다.

바리케이트 대신 배치되어 있던 전차 대대가 제일 먼저 질주했다.

드드드드!

그 뒤를 이어 포병으로 구성된 제11 해병 연대의 자주포들이 따라붙고, 두 개 대대의 경기갑들이 속속 들어갔다. 마지막으로 해병들의 군홧발이 고속도로 아스팔트를 세차게 밟으며 장엄한 소리를 냈다.

대단한 전술과 정보가 필요 없을 만큼, 극단주의 세력의 병영은 황무지 위에 고스란히 노출되어 있었다. 포병 연대부터 그들이 할 수 있는 모든 화력을 그쪽에 쏟아 붓

기로 결정한 것 같았다.

이윽고 자주포 포신(砲身)에서부터 전해진 진동이 공간
의 틈을 넘어 고속도로 위까지 도달했다. 포격으로 인한
굉음이 쉬지 않고 울렸고, 그것들의 자욱한 연기 또한 틈
을 넘어왔다.

그러던 그때 극단주의 세력의 눈먼 포탄 하나가 일단정
지 상태에 돌입한 고속도로 위의 미 육군 사단을 향해 떨
어지던 순간이 있었다.

콰아아앙!

폭발의 여파가 아슬아슬하게 그들에게 미치지 않았던
것도 잠시, 그들이 어떤 깨달음을 얻기도 전에 포탄 하나
가 또 날아온다. 중동의 밤하늘을 갈라 북아메리카의 태
양 아래로 말이다.

쿠웅.

포성이 한 박자 늦게 따라왔다.

총알보다 빠르게 날아오는 포탄을 일반 장병들이 볼 수
는 없다. 하지만 직전의 포격이 그들 인근에 떨어졌다는
것은 많은 바를 시사하고 있었다. 지휘관들이 바로 소리
쳤고, 장병들도 달리거나 몸을 던졌다.

그러나 포탄은 배우고 보았던 대로 엄청난 빠르기라,
벌써 공간의 틈 밖으로 고개를 들이밀고 있었다.

한 병사가 포격이 빗겨나가길 바라며 도로 위에 납죽 엎드려 있었다.

"아아. 어머니……."

절망에 빠진 병사가 아스팔트 도로 위에 납작 엎드린 채로 희미하게 중얼거렸다. 그는 포탄이 날아오는 것도, 내가 허공을 가로지르는 것도 볼 수 없을 것이다.

나는 그 병사의 머리맡, 그러니까 포탄의 떨어질 방향으로 이동했다.

성인 남성의 머리보다도 월등히 큰 포탄이 바로 앞까지 접근했다. 오른 손바닥의 움직임에 따라 기류가 비틀렸다. 그대로 나를 짓뭉개듯이 날아왔던 포탄이 허공에서 덩그러니 멈추게 된 것도 바로 그때였다.

또 그때 신관에 적용시켜 놓은 시간에 따라, 포탄이 폭발했다.

콰아앙!

하지만 주위를 맴도는 기류를 벗어나지 못하고 화염의 소용돌이로 잠깐 위력을 발산하였다가, 파편 덩어리들만 도로 위로 떨어트렸다.

낮과 밤.

북아메리카와 중동

그러한 구분이 무의미하다는 것을 그들도 알아차리길

바라면서 게이트 너머를 가리켰다.

그때부터 반란군을 진압하고 LA를 되찾기 위해 동원되었던, 미 육군 사단들의 통신이 그 어느 때보다 바빠졌다.

그들이 공간의 틈을 넘어가기 시작한 건 그로부터 그렇게 오래되지 않아서였다.

*　　　*　　　*

해병 1사단 제5 해병 연대는 중동으로 가지 않고 유일하게 LA에 남았다.

연대장 제임스 태플럿 중령은 사단장이 남겨두었던 일들을 이어받아서, LA 경찰청과 소방청과의 최종 협의를 원만하게 마쳤다고 보고했다.

LA 경찰청과 소방청이 요구하는 것은 단 두 가지였다. 그들이 여전히 연방 정부 소속이고 업무에 복귀하는 이유는 시민들의 안전을 위해서라는 것과 연방 정부와의 네트워크 유지를 공식적인 서면으로 작성해 주라는 것이다.

한편, 미 정부는 돌아오지 않는 육군 사단들을 향해 병참 지원을 결정하는 것으로 LA 탈환을 연기하기에 이르렀다.

그러다 세계 사회의 국면이 급격히 진행되는 사건이 일

어났다.

바로 한국에서였다.

명백히 UN 결의안에 위배되는 결정이었으나, 한국 정부는 자율적인 종교 활동을 막을 수 없다는 이유를 들어 한 종교 법인의 설립을 허가했다.

그 종교 법인의 명칭이 하필이면 '혈마교'고, 법인의 세 명의 책임역원 중 한 명의 이름이 '신용운'인 것은 결코 우연이라 볼 수 없는 문제였다.

그에 그친 것이 아니라.

국회에서는 이른바 혈마교법이라고 불리게 된 법안을 긴급 타결시켰다.

국내에서 불법적인 사유가 특정되지 않는 한 그 신교의 자유를 강력히 법문화한 것이었는데, 불법적인 사유에 관해서는 '국내'로 한정 지은 점이 중점 사항이다.

"크크크……."

한국에 분교를 설립한 신용운의 노력이 어떠했고, 비로소 경제 강국 중 한 나라에서 본교가 시작되었다는 것과는 별개로.

일개 재벌 총수의 영향력이 그 나라에서만큼은 국제 사회의 결단보다 위에 있었다는 사실이 내 입가에 찬웃음을 짓게 만들었다.

이대로라면 미국보다도, 한국에서 먼저 본교의 정당이 창당될지도 모르겠다.

"어제 상임이사국의 대표들의 2차 회의가 있었습니다. 대비하셔야 할 것 같습니다."

리차드 청이 보고했다. 연합군의 해군 전력이 캘리포니아의 앞바다로 집결하기 시작했어도, 이번만큼은 그도 동요하지 않았다.

뿐만 아니라 창밖의 전반적인 분위기도 차분했다.

"그런데도 사람들이 계속 들어오고 있군."

선착장을 바라보며 말했다. 보트에서 내린 새로운 가족들은 지금까지 그래 왔던 사람들처럼, 연안의 항공모함에서 눈을 떼지 못했다.

리차드 청도 나를 따라 선착장 쪽을 응시하며 대답했다.

"신원이 확실한 사람들만을 들이고 있습니다."

묻지도 않았는데 대답했다는 것은, 그부터가 꾸준히 유입되는 사람들로 인해 불안감을 느끼고 있다는 반증이었다.

"……하지만 저들을 지켜볼, 팀(Team)이 필요합니다."

스파이, 첩자, 간첩, 내통자, 배교도.

어떤 이름이든.

그런 것으로부터의 보안책이 필요하다는 데에 나도 동의했다.

"그리고······."

계속 말하라는 뜻으로 고개를 끄덕여 보였다.

"세계 사회는 이 사태를 빠르게 끝내야만 하는 상황에 이르렀습니다."

나는 리차드 청이 무엇을 말하려는지 알고 있었다.

사실 미국이 보유한 전력만으로도 인류가 쌓아온 화력을 시험해 볼 수 있으나, 연합군까지 총출동하는 이유는 비단 내가 그들의 국정 시설을 파괴했기 때문만은 아니었다.

내가 신위를 드러낸 이후로, 세계 증시가 연일 유례가 없는 대(大)폭락을 거듭하고 있는 중이다. 예컨대 중국과 영국 같이 증시 거래를 중지시켰다가, 다시 해제시키길 반복하던 나라들은 이제 기약 없는 거래 중지를 선포했다.

이 세상의 각 나라는 경제라는 시스템 아래, 유기적으로 연결되어 있다.

더 더욱이 세계적인 증시 대폭락 사태가 계속된다면 이 세상은 본교의 교도들이 아니, 내가 아닌 그들이 만들어

놓은 시스템하에 자멸할 수밖에 없는 구조였다.

어떻게든 슬슬 끝을 봐야 한다. 저들이 주장하는 대로 내가 세계를 파멸로 이끄는 악마가 아니라는 것을 보여주기 위해서라도.

국제 사회의 전의(戰意)를 무너트려야 할 한 방이 필요한 때였다.

"사하라 사막이 좋겠군."

리차드 청은 내가 한 말뜻을 바로 이해하지 못했다.

그러다 한순간, 그의 눈이 부릅떠졌다.

"수송 선단…… 상륙 돌격 전단…… 그러니까 저들의 구성을 보면, 저들의 무기 체계가 교주님께 소용없다는 것을 감안하고 있다는 걸 알 수 있습니다."

그가 계속 말했다.

"저들은 교주님과 싸우려는 게 아닙니다. 섬과 교도들을 본보기 삼아, 대중들에게 경고하고 안정을 도모하려는 것일 겁니다. 어떻게 교주님께 대적할 수 있겠습니까."

언제부터였는지는 모르겠다. 내 앞에서 바짝 굳어 버려, 통일된 인격체마냥 변한 사람들을 보고 있노라면 짜증부터 치밀었다.

"하면 바다에서 모두 수몰시켜 버릴 수밖에."

내가 뇌까렸다.

리차드 청은 할 말을 잃고 나를 쳐다봤다. 그의 눈빛이 심하게 흔들렸다.

"그럼 날 악마라고 하겠지."

어쩐지 한숨을 내쉬고 있을 리차드 청의 속마음이 느껴졌다.

어쨌든 교전은 사하라 사막에서 가져야 한다. 그리고 세계 사회는 그들이 할 수 있는 모든 화력을 내게 쏟아 부은 다음, 거기에서 완벽히 깨달아야 한다.

내 앞에서는 어떤 나라, 연대, 무기도 무력하다는 것을 말이다.

그러면 로버트 록우스의 전향과 한국의 혈마교 등, 비로소 시작된 변화에 힘이 실린다. 그때부터 정화(淨化)의 시대가 도래한다.

제8장

사색(四色) 아래

　한 인형(人形)이 만들어 낸 빛과 그림자에 만물이 숨을 죽이고 있다. 능선부터 내려앉은 모래가 물결치듯 움직이다가 멈췄고, 푸르러야 할 창공마저도 침침해졌다.

　모래가 끝없이 펼쳐진 사하라 사막의 중심.

　그곳에 서니, 금방이라도 저 능선 위에서 낙타 탄 이슬람 제국의 전사들이 모습을 드러낼 것처럼 느껴진다.

　빌어먹을 이슬람 제국. 지우고 싶은 기억.

　와직.

　모래 속으로 몸을 감추려던 전갈을 신경질적으로 밟아 버린 후, 그 위에 흑천마검을 수직으로 꽂아 세웠다.

흘러나오는 묵광(墨光)이 평소보다 진했다. 녀석도 내가 무엇을 위해 사하라에 왔는지 알고 있고, 또 그래서 즐거워하고 있는 것이리라.

이번이 녀석의 힘을 빌리는 마지막이 되길 바랐다.

내가 수련에 전념할 수 있는 시간을 한시라도 빨리 앞당기기 위해 무조건적으로 협력한다? 그것만큼 웃기는 소리가 또 있을까.

녀석의 꿍꿍이가 무엇인지는 아직도 모르겠다만, 녀석의 힘을 쓸 때마다 검은 딱지들이 몸에 다닥다닥 붙는 것만 같았다. 온몸이 오물투성이가 되기 전에 끝내고 싶다. 바로 이번에.

공력을 끌어올렸다.

우우웅.

단전 안에 배양된 기운.

인간의 태생적 한계까지 가득 찬 그것이 일순간 치솟아 올랐다.

물론 녀석과 합일할 때에 느낄 수 있는 광대한 에너지에는 비할 바가 되지 않지만, 이것만으로도 나는 안정을 느낄 수 있었다.

어쩔 수 없이 떠오른 이슬람 제국과 바그다드에서의 기억 때문에 더러워졌던 기분이 씻겨나가는 것 같았다.

빠르게.

몸에서 퍼져 나간 기운이 흑천마검 사이에 기류를 형성했다.

이른바 중원에서 말하는 이기어검술의 시작이다.

흑천마검이 모래에서 쑥 뽑혀 나와 내 눈높이까지 떠올랐다.

그러고는 어느 순간에 이르러, 전방을 향해 튕겨져 날아갔다.

쏴아아악.

내게는 코앞이지만, 범부(凡夫)에게는 가시거리 끝이 될 곳부터 시작됐다.

공간이 찢긴다. 폭도 그들이 병력을 원활히 운용할 수 있을 수준만큼으로 벌어졌다. 그렇게 캘리포니아 앞바다가 드러났다.

군용 부두에 연합군의 해군 전력이 집합되어 있었다. 병력들을 직접 내륙까지 보낼 수 있는 호버크래프트 상륙정을 위시(爲始)로, 상륙 작전에 필요한 기재들이 UN군의 깃발을 달고 질서정연하니 있다.

그들의 이번 작전에 국정시설이 파괴된 오 개국은 물론이고, 수많은 나라들이 참여했다. 하지만 참전에 의미를 두었다고 보는 편이 맞다. 그것은 러시아나 중국도 마찬가지다.

미국이 통합군을 불러들이는 등, 제대로 된 총력전을 시도해 보기 전까지, 그들 연합군은 '국제 사회의 단결'로의 의미만을 가지고 있다고 봐도 무방하다.

그쯤에서 관심을 껐다.

스슷.

흑천마검을 시계 방향으로 움직이며 두 번째 공간의 틈을 열었다.

이번 것은 러시아 모스크바로 통한다.

누군가 말했지. 모스크바에서의 첫날 저녁은 붉은 광장에 있어야 한다고.

정확히 그곳에 문을 열었다.

갑작스러운 장기 집권자의 죽음으로 정세가 혼란스럽기는 러시아도 중국과 같았다. 크렘린 궁전까지 위협적으로 배치된 눈 쌓인 전차들이 바로 공간의 틈 앞에 있었다. 관광객과 시민들로 북적거려야 하는 그곳이 기갑부대로만 가득했다.

세 번째 문이 중국 베이징에 열렸을 때, 첫 번째 문 너머에서 뻗친 군용 라이트가 이쪽으로 향했다. 그러나 사하라 사막의 뜨거운 햇빛 때문에 군용 라이트는 문 너머에서만 빛을 발한다.

네 번째 문은 인도 뉴델리, 다섯 번째 문은 영국 런던, 여섯 번째 문은 프랑스 파리, 일곱 번째 문은 독일 베를린, 여덟 번째 문은 터키 앙카라에 열렸다.

이제 흑천마검은 나를 기준으로 3시 방향 끝에 있었다.

쭉 찢으며 드러나는 저녁노을. 그리고 푸른색 기와가 한 번에 들어온다.

한국 서울, 청와대 앞.

일인 시위를 하고 있던 장년인이 그 앞에 펼쳐지는 광활한 사막의 모습에 놀라 피켓을 떨어트렸다.

*   *   *

서른네 번째 네덜란드 암스테르담, 서른다섯 번째 벨기에 브뤼셀, 그리고 마지막 서른여섯 번째가 북한 평양이다.

총 36개의 문이 나를 중심으로 두고 원형으로 배치됐다. 그리고 첫 번째 문을 제외한 나머지 35개 문은 각국 수반의 관저 인근에 열렸다.

그들이 말하는 '초자연적인 능력의 남용(濫用)'을 마친 흑천마검이 평양의 주석궁을 등 뒤로하고 내게 날아왔다.

그것을 잡아 모래 위로 늘어트렸다. 그러고는 오롯이

섰다.

어디는 낮이고 어디는 밤이며 어디는 새벽이다. 낮과 저녁에 있는 나라들의 수도, 이를테면 파리와 런던 그리고 서울과 도쿄의 시민들 중에는 겁 없이 모래를 밟으며 나오는 이들도 있었다. 그리고 그들은 불나방처럼 붉은빛을 쫓아 걸었다.

몇몇은 급히 쫓아온 지인이나 경찰 등에 의해서 다시 되돌아갈 수밖에 없었지만, 그렇지 않은 이들도 분명 존재했다.

그들과 나의 거리는 최소 10Km.

그들이 보는 것이라고는 사막 능선 너머에서 발하는 붉은빛뿐이다.

그럼에도 불구하고 그들은 계속 걸었다. 그러다 그들이 체력적인 한계에 부딪혀서 다시 되돌아가야 한다고 마음을 먹었을 때에는, 너무 늦은 뒤였다.

갑자기 눈앞에 열린 공간의 틈에 겁 없이 들어온 것부터가 그들의 성격을 말해 주는 대목이다. 그들은 되돌아가는 대신 꾸준히 나를 향해 걸었다.

두두두두.

하지만 그들보다 먼저 도착한 것은 헬리콥터 등의 날것이었다.

군인을 태운 것도 있었고 보도 리포터를 태운 것도 있었다.

설마설마했던 것이 사실이 되는 순간.

헬리콥터 외의 것들은 내 머리맡을 스쳐 지나갈 수밖에 없었으나, 헬리콥터들은 모래 언덕 위에서 호버링(hovering:제자리 비행)으로 위치를 유지했다.

나는 그들이 나와 시계 방향으로 열린 36개의 문을 촬영하는 것을 내버려 뒀다.

여러 헬리콥터에서 인 바람이 지면 위에 매섭게 부딪혔다. 사방 몇 군데가 금세 모래바람으로 뿌옇게 변한다.

— 크크크······.

그때 검병의 진동과 함께 흑천마검의 웃음소리가 나를 자극했다. 녀석이 내 속마음을 눈치챈 것 같아서, 녀석을 무시하고 싶었다.

— 꼭, 똥 마려운 강아지 꼴이군. 귀여워.

녀석의 혓바닥이 내 뺨을 핥았던 불쾌한 기억이 번쩍 떠올라, 나도 모르게 고개를 꺾었다. 그러자 녀석이 더 낄낄거렸다.

역시.

녀석은 알아차릴 줄 알았다.

세계 각국으로 가는 36개의 모든 문을 열고 나니, 심란

해진 게 사실이다.

지금이라도 저것들 중 한 곳으로 들어가고 싶다.

그래서 쾅!

그 나라의 수반 관저는 물론이고, 내게 굴복을 공표할 때까지 철저하게 주요 시설들을 파괴하고 다니고 싶은 마음이 간절하다.

그래도 끝까지 저항하는 나라가 있다면, 본교를 정식 종교로 받아들이지 않는 나라가 있다면, 그 나라들도 하나하나 교훈을 주는 것이다.

중원에서처럼, 성(星) 마루스에서처럼.

이 세상의 무엇이 그 세상들보다 가치가 있다고? 우리 가족이 있는 세상만 아니었다면…… 이 세상에 불을 지른 것에 그친 게 아니라 진작에 폭탄을 터트렸다.

그렇게 온갖 악명과 수많은 인명들의 희생을 각오하고라도, 아래로부터의 혁명이 아닌 위로부터의 혁명을 택했을 것이다.

그러나 본심을 감추면서까지 아래로부터의 혁명을 택해야 했다.

그것이 내가 어떤 이유로 인해 이 세상에서 사라진다 하더라도, 내가 시작한 정화의 시대가 지속 발전해 나갈 수 있는 길이기 때문이다.

더 정확히는 우리 가족이 살아가야 할 세상이기 때문에.

그런데 그것이 갈수록 나를 숨 막히게 만든다.

참을 인(忍).

인(忍). 인(忍). 인(忍)!

나를 찍고 있는 카메라 중 하나를 향해 시선을 맞췄다.

리포터는 내가 본인을 보고 있다는 것을 알아차렸다. 침을 꿀꺽 삼켜 넘기는 리포터의 성대가 너무도 또렷한 움직임을 보였다.

사막의 열기 때문이 아니다.

그가 송골송골 맺힌 이마의 땀을 쓸어내린 다음, 조종사에 대고 착륙 가능한지 물었다.

조종사는 리포터의 기대와는 달리, 날리는 모래가루가 모터를 망가트리게 될 거라고 대답했다. 거기에 리포터가 최대한 지상과 가깝게 고도를 낮춰달라고 부탁했다.

모래 언덕에서 5M 위쯤.

리포터가 불안하게 흔들거리는 사다리에 몸을 싣다가 뛰어내렸다. 그가 모래 언덕을 구른 끝에, 엉망이 된 채로 몸을 일으켰다.

그는 흥분과 두려움이 교차한 숨을 크게 내쉰 후 외쳤

다.

"다, 다가가겠습니다."

대답하지 않았다.

그것이 곧 긍정의 신호니까.

그러다 그가 꽤 내게 접근할 무렵, 날 선 바람이 그의 발 앞을 스치고 지나갔다. 그는 명청하지 않았다. 그래서 거기서 멈췄다.

"세……세계인들에게 당……당신의 목소리를 들려주 시겠습니까? 오늘…… 여기는…… 무엇을 위한 것입니 까?"

— 마지막 전장.

큰 울림.

모래 폭풍이 치오른 그곳 안으로 내 음성이 한 번 더 파 고들었다.

— 쏘아보아라. 너희들이 할 수 있는 최고를. 세상이 멸망한다 할지라도, 나는 살아 있을 것이다.

*　　　*　　　*

그들로서는 오랜 시간 숙고하고, 그만한 준비도 하고 싶을 테지만, 그럴 수 없다.

이미 엎질러진 물이었다.

하지만 장소가 사하라 사막인 만큼, 그들에게도 긍정적으로 해석할 요인이 많은 것이 사실이었다. 더욱이 그들은 지금과 같은 상황을 주도적으로 만들 수 있는 입장이 아니기도 했다.

그래서 각국이 처한 정치적 갈등이 어떠한지, 금번의 전투로 인한 손익(損益)이 어떠한지는 지금 이 순간만큼 내려놓아야 할 때였다. 그들의 질서를 무너트리려는 단 하나의 적을 향해 결단을 내려야 할 때였다. 적어도 그들에게는 그랬다.

GATE 안팎이 분주해졌다.

각국의 주력 전차들이 배치되었으며, 전차와 협동 전투가 가능한 부대 또한 분주하게 움직이는 모습들이 36개 GATE 전부에서 보였다. 이미 말했던바, 국제 사회와 등을 지고 있던 북한 또한 그 결정에 동조하는 움직임이었다.

그러나 그것은 GATE로 인한 선(先) 군사적 조치에 불과했다.

배치가 완료된 다음부터는 무기한 대기에 들어갔다.

지리멸렬할 36개국 정상들의 긴급회의가 진행되고 있으리라.

섬을 타격하기로 했던 결정과는 또 다른 문제니까.

그 지루한 시간 동안.

나는 천여 개를 훌쩍 넘는 포신(砲身)에 둘러싸인 채로 오롯이 서 있었고, 각국의 전차들도 명령이 떨어지는 즉시 염화(炎火)를 내뿜을 준비가 되어 있었다.

그러다 36개의 GATE 안에서 동일한 움직임이 포착되었다.

이를테면 한국의 GATE에서는 삼엄한 경호를 대동한 방호차량이 청와대를 급히 빠져나가고, 러시아의 클렘린 궁전에서는 헬기 하나가 눈보라를 뚫으며 날아오른다.

그렇듯 각국의 수반들이 그 나라를 상징하는 관저에서 피신하기 시작하는 것이다.

"큭…… 크크크……."

그때, 내 입술 사이로 쇠를 가는 듯한 웃음소리가 흘러나왔다.

그러면 그렇지.

내가 흑천마검의 공능이 대가 없는 무조건적인 것이 아닌 것을 알면서도 빌려 쓸 수밖에 없던 것처럼, 저들로서도 불가피한 결정을 내릴 수밖에 없겠지. 지금 시도하지 않으면 언제 할 수 있을까?

저들로서는 어떠한 피해를 각오하고라도 '그'의 한계를 시험해 봐야 하고 약점도 찾아야 한다.

설사 그 과정에서 피해가 일어난다 할지라도, 피해 정도에 따라 유연하게 결정을 바꾸든지 그 피해를 이용해 대중들을 단결시키든지 하면 되니까.

하지만 그러한 결정이 크나큰 오착이라는 것을 깨닫게 되었을 때는 이미 늦어 버린 뒤이리라. 마치 붉은빛을 쫓아 걸어왔던 시민들이 다시 돌아갈 수 없었던 것처럼 말이다.

"와라."

내가 중얼거렸다.

— 크크크.

흑천마검도 내 손아귀 안에서 기분 좋게 부르르 떨며 나처럼 웃었다.

드드드.

GATE 앞에서 뿌리박은 듯이 있던 각국의 기갑 부대들이 기어코 움직이기 시작했다.

사방(四方), 팔방(八方).

더 나아가 삼십육방에서 모래 폭풍이 대번에 일어난다.

이슬람 제국민들을 그렇게 두려움에 떨게 만들었던 그 하르마탄(harmattan)이 전 방위에서 가까워진다.

모래 먼지 때문에 멈춰 버린 전차들 따위는 그것들의 대규모 행렬에 영향을 끼치지 않았다.

이윽고 맹렬히 돌진하던 그것들에게 내가 공격 사거리 안으로 들어왔다. 그리고 바로 그 위치쯤에서 다시 진열을 갖췄다.

포수들의 정밀한 조작 하에 포신이 응답할 때, 기관총 사수들이 전차 안으로 자취를 감췄다.

나를 둘러싼 방원(方圓)의 대형.

각 전차간의 거리는 상당하지만, 내게는 생생하게 들리는 그것들의 그르르릉거리는 엔진 소리가 빈틈을 채워 놓았다.

아직도 가시지 않은 모래 먼지. 그 안에서 온갖 야수들이 서로 교감을 나누고 있는 것처럼 들린다. 비로소 온몸에 긴장이 감돈다. 이 얼마 만에 느끼는 기분이란 말인가.

열화(熱火)를 담은 저 포구들의 어둠 속을 바라보며 마른 입술을 핥았다.

저 열화들이 이제 내게 쏟아진단 말이지. 얼마만큼이나 강할까.

쿠웅!

울렸다. 포성이!

쿠웅! 쿠웅! 쿠웅!

기체들이 다 같이 용트림 치며 섬광으로 변한 포탄을 뱉었다.

찰나의 간격일 뿐, 거의 동시에 시작되었기 때문에 거대한 굉음들이 하나로 합쳐져 들린다.

사막이 먼저 반응했다.

고통에 몸부림치며 피부를 드러내고 마니, 모래 먼지가 피처럼 뿌려진다.

연기와 모래 먼지를 뚫고 나온 포탄들이 허공에 뜬 것이 1초.

벌써 몇 개의 모래 언덕을 넘은 것이 2초.

모든 방위에서 몇 겹의 층을 이루며 날아들어 오는 포탄들에서 '그것들'을 떠올렸다. 드래곤이 우주공간에서 끌어왔던 유성체들을 말이다.

포탄 하나는 위협적이지 않다.

하지만 그것이 열 개고 백 개고 천 개가 되면 말이 달라진다. 그렇다고 공간이동 마법으로 자리를 피할 생각 따위였다면 애초에 여기에 있지도 않았다.

저 집중포격의 중심에서 내가 어떻게 살아 있는지, 저들이 얼마나 무력했는지 보고 느껴야 한다!

몸을 회전시키며 띄웠다.

휘이익.

순간적으로 뻗친 기풍(氣風)이 소용돌이처럼 보일 테지만, 실은 좀 더 섬세하다. 저것들이 날아온 몇 초 동안 내 오른손은 쉬지 않고 움직였고, 이제 이화접목의 묘리를 기풍에 실었다.

찰나.

포탄들이 밀고 들어오는 압력이 꽤나 거셌으나 내 쪽이 더 우세다.

그사이 기풍이 미치지 않는 곳에 포탄들이 떨어졌다.

콰콰콰콰콰아아아아앙!

폭발의 순간.

녹아버린 모래들이 열화(烈火)를 끈적이게 달고 날아들었다.

터지기 전에 밀고 들어왔던 압력과는 비교도 못 할 압력이 또 거기에 실려 있다. 아래와 옆. 심지어 위에서도 동시에 밀어붙였다.

공력의 안배(按配)가 중요하다. 저 집중포격에 버티는 데 전부 써버렸다가는 이다음이 없으니까.

그때 내가 날려 보냈던 포탄이 전차들을 터트리는 소리가 울렸던 것도 잠깐, 초와 초 사이의 간격 안을 뚫고 2차

폭발이 일었다.

하지만 소리는 들리지 않는다.

포탄이 터지면서 질러댔을 그 괴성은 벌써 고열의 불덩이에 묻혔다.

그래.

불덩이 안이었다.

나를 잡아먹지 못해서 환장한 화염의 세상.

단순히 고열로 치닫는 게 아니라 실린 힘이 굉장해서, 자칫 집중을 잃으면 힘의 방향대로 그대로 튕겨져 버린다.

드래곤이 떨어트렸던 유성체와 직면하고 말았을 때처럼.

포격이 계속되었다.

치이익.

호신강기를 뚫고 들어온 화염이 바지 자락을 태우는 게 보였다.

그때 다리 피부로부터 화상이 가져오는 쓰디쓴 고통이 일었다. 고통에 익숙해질 수 있는 사람은 없다. 그것을 얼마나 참아낼 수 있느냐만 있을 뿐.

그런 면에서 나는 고통을 잘 참는다.

드래곤이 내 피부를 터트리고 내장을 몸 밖으로 쥐어짜

냈어도 참아 냈다.

지금도 참는다.

피부가 짓뭉개지고 근육이 찢어지며 지방이 녹아내려도, 심지어 뼈를 드러내고 말아도!

이를 악문다.

퍼부어라. 할 수 있는 대로 다 퍼부어 보아라. 다 퍼부으라고!

밑에서부터 치달은 화염이 불쑥 가슴을 향해 치솟는다.

나는 어쩔 수 없이 살짝 위로 튕겨지면서, 잠깐 화염의 세상 밖으로 고개를 내밀었다.

포탄, 그 철괴(鐵怪)들이 또 날아오고 있었다.

미쳐버릴 듯한 고통은 손목을 휘두르는 데 이용됐다.

너무나 악문 탓에 어쩌면 이가 바스라졌을지도 몰랐다.

포탄 몇 개가 기류에 휩쓸려 전차들을 향해 방향을 튼 광경을 끝으로, 한 박자 늦게 아래서부터 쫓아온 화염들이 나를 감쌌다.

다시 화염의 세상 안이다.

내가 튕겨 보내지 못한 포탄들이 더 떨어진 것이 확실했다.

더 격렬해지고 더 지독해진 화염의 압력들이 제 세상 안으로 나를 삼켜 버릴 때는 언제고, 이제는 또 나를 밀어

내지 못해서 환장했다.

안구가 화끈거렸다.

귀도 먹먹했다.

뻘겋기만 했던 화염이 이제는 푸른색을 띤다. 비명을 토하기는커녕, 마법의 결정을 내뱉지 못하면 이 빌어먹을 인내가 결실을 맺지 못한다는 사실을 곱씹었다.

그래서 갈라진 목소리로 약어(約語)를 흘려보냈다.

"Ρεςτωρατηων."

저쪽 세상의 신비한 언어가 호신강기 안에서 웅웅거렸다.

환한 빛무리가 번져 사라졌다. 마치 악몽에서 갓 깬 기분이 들었다.

그간 고통을 참아내고 있었다고 생각했던 것이, 내 의지에 의해서인 줄 알았으나 아니었다. 그저 무의식에서 발현된 본능에 불과했다.

그러나 거기서 상념을 멈췄다. 뭔가를 더 곱씹고 있기에는 여전히 화염 세상 안이었고, 이제 다시 처음으로 돌아온 것이었다.

마찬가지로, 또렷해졌던 포성이 다시 들리지 않게 된 순간이 어김없이 돌아왔다.

튕겨 나가지 않기 위해, 정신을 놓지 않기 위해 할 수 있는 인내심을 전부 끌어냈다고 자부할 수 있었다. 그런데 녹아버린 피부 안으로 또다시 다리뼈를 보고 말았을 때는, 정말 여기서 뛰쳐나가 저 고철 덩어리들을 부수고 다닐 뻔했다.

7차. 8차…….

그다음부터는 포격의 횟수를 세지 않았다. 버티고 또 버텼다.

ᆨ 그러다 집중포화(集中砲火)가 이루어지고 있는 이 공간이 정말로!

다른 세상처럼 여겨지는 순간이 왔다.

대지는 없고, 대기가 불(火)이며, 불규칙적인 압력이 인력으로 존재하는 세상이다. 폐부를 채운 이 세상의 뜨거운 대기가 나를 미치기 일보 직전으로 만드는 세상이다.

하지만 재생 마법을 시전하고 이것이 또 한순간의 악몽처럼 느껴지던 순간에, 세상이 다시 보였다.

불규칙적인 압력에 의해서 넘실거리는 열화의 움직임이…….

내 정신을 빼앗는다.

이리저리 휘청거리면서도 간신히 세상 밖으로 튕겨 나가지는 않은 채, 그러한 열화의 움직임을 보고 또 보았다.

십이양공의 기운이 열화의 움직임과 화(和)하고 있다는

것은 기분만이 아니니라.

 하지만 이것만으로는 부족하다.
 더 강한 화력(火力)이 필요해. 그 세상 안에서만큼은 본능마저 소멸시켜 버릴 화력이 말이다. 이런 상념 따위는 들지 못할 그것이!
 컥!
 순간 목이 위로 꺾였다.
 나는 톱니바퀴가 어긋난 기계처럼 삐거덕거리면서 고개를 겨우 아래로 내렸다.
 호신강기를 뚫고 들어온 불길이 하반신에 이어 복부까지 침범하고 있었다. 고통의 원천이 눈 안으로 담긴다.
 피부는 벌써 녹아 사라지고, 그 안의 장기를 향해 화염의 붉은 혓바닥이 날름거렸다. 혓바닥이 쓱 훑고 지나가는 순간, 목뿐만 아니라 상체 전체가 꺾이는 느낌을 받았다.
 아마도 온몸을 비틀어 댔을 것이다.
 그래도 끝내 비명을 지르지 않은 것은 내가 쇼크사하지 않은 이유와 동일했다.
 "Ρεςτωρατηων."
 세상이 잠잠해졌다. 온몸에 생살이 돋아날 때였다.

화염이 가라앉고 그 자리에 연기가 채워졌다.

포격이 끝난 것이다.

하지만 이쪽 세상의 집중포격을 견뎌냈다는 즐거움 따위는 없었다.

선천진기를 후천진기와 동등한 수준으로 수련하는 것이 정체되어 있던 한계를 뛰어넘는 유일한 방법으로 알았다. 그러나 나는 화력의 세상 안에서 다른 방법을 엿보았다. 그래서 집중포격이 멈춰 버리자 몹시 안타까운 마음이 들었다.

이윽고 연기가 흩어지면서 본래 세상을 드러내기 시작했다.

모래. 전차. 태양.

자연물이든, 인공사물이든.

그 전부가 잠깐 침묵의 시간을 가진 뒤 일제히 소란을 일으켰다.

전차들이 바로 선회해 버리고, 몇 개의 모래 언덕이 해일에 쓸리는 것처럼 무너져 내렸다. 태양 볕은 더 광폭(狂暴)해져서 사막 전체에 꽂아졌다.

두드드드드.

왔던 것처럼 모래 먼지를 일으키며 돌아가는 전차들을 가만히 바라보면서 생각했다.

더! 더!

굉장한 걸 내놓아보란 말이다. 더 강렬한 너희들의 화력을!

전차들이 더 멀리 후방으로 이동했다. 그 무렵 비로소 어떤 GATE 너머에서 전투기 편대들이 쑥 빠져나오는 것이 시선에 잡혔다.

그것들의 국적이 어디인지는 조금도 중요하지 않았다. 그것들의 고폭탄들이 만들어 낼 화력(火力)의 세상이, 체내를 위협적이면서도 즐거운 긴장감으로 벌떡벌떡 뛰게 만들었다.

GATE에서 빠져나온 전투기 편대가 기체 앞머리를 확 들어 올려 고도를 높였다. 그대로 2만 피트가량을 치솟아 올랐다.

어떠한 직감이 들어 고개를 휙 돌렸다.

12시 방향.

이번에는 국적을 확인할 수밖에 없는 전투기 두 대가 추가로 빠져나오고 있었다.

그것은 미군의 스텔스 폭격기였다.

그런데 내 머리 위에 레이더가 달려 있지 않은 이상, 구태여 미군은 스텔스 폭격기를 운용할 이유가 없다고 생각했다. 하지만 곧 그러했던 의문이 풀렸다.

스텔스 폭격기 또한 공간의 틈에서 나오자마자 고도를 높였는데, 그때 기체의 하부가 드러났다. 그리고 거기에서 전투기의 일반적인 것이라고 할 수 없을 만큼 거대한 크기의 투하용 폭탄을 발견할 수 있었다.

범용(汎用)의 전투기로는 결코 탑재할 수 없는 크기다.

그러니까 스텔스 폭격기는 그 거대한 투하 폭탄을 운반할 수 있는 유일한 플랫폼인 것 같았다.

전술핵은 아닐 테지만, 그에 준하는 화력이 담겨 있을 게 틀림없다. 그들로서도 실로 위험한 결정을 한 것이다.

손에서 검병이 미끄러지는 느낌이 나더니, 하얀 얼굴이 불쑥 시선 안으로 끼어들었다. 녀석도 그것을 본 모양이다.

— 꿈도 꾸지 마라. 애송이

녀석이 이번만큼은 나를 조롱하지 않으며 말했다. 나는 내 마음을 꿰뚫어 보고 있는 녀석이 그리 썩 반갑지 않았다.

— 저게 폭발하면 넌 그 즉시 죽는다.

그렇겠지. 뭘 해 볼 틈도 없을 것이다.

대답하지 않고 이쪽 창공으로 빠르게 가까워지고 있는 전투기 편대와 스텔스 두 기를 한눈에 담았다. 오히려 흑천마검이 다급해졌다.

— 저것들의 도시 위로 돌려 버릴 게 아니라면, 이 몸에게 맡겨라."

이렇게나 친절하고 상냥한 흑천마검이라니. 마음 한편이 서늘하다.

"그러지."

그렇게 뇌까리며 주먹을 움켜쥐었다.

이 세상의 어떤 공격도 내게 무력한 것이 맞지만, 그렇다고 그것들 전부와 정면으로 쾅하고 부딪칠 수 있을 만한 방어력을 갖추었다는 뜻은 또 아니니까.

— 크크크.

흑천마검이 내 결정에 만족한다는 듯 기괴하게 웃었다. 거의 귀까지 쭉 찢어진 입 안으로 뾰족이 선 이빨들과 거기에 자리한 깊고 깊은 어둠이 보였다.

그때 전투기 편대가 수직상의 창공을 지나갔다.

진작 투하된 고폭탄들이 이쪽을 향해 비스듬히 쏟아지고 있었다.

스텔스 폭격기에 탑재된 폭탄은 머릿속에서 지웠다. 그것만 신경 쓰고 있기에는, 당장 나를 향해 떨어지고 있는 고폭탄들만 해도 그 위력이 실로 대단할 것이기 때문이다.

쿠우우우우웅!

화력(火力)의 세상이 다시 열린다. 대지는 없고, 대기가 불(火)이며, 불규칙적인 압력이 인력으로 존재하는 그 세상이!

*　　　*　　　*

투하 폭탄 수십 개는 촌음을 다투며 터질 것이다.

바로 이제!

제일 선두의 고폭탄이 불과 이십 보(步) 앞에서 터졌다.

초(超) 고열을 머금은 화염이 나를 감싸며 그 세상 안으로 끌어들였던 것도 잠깐, 언제 그랬냐는 듯이 그 이상의 압력으로 나를 밀어낸다.

준비하고 있었다. 그래서 가능했다. 틈을 비집고 들어온 화염의 먹이가 되기 전에, 재생 마법으로 감각을 되찾았다.

어서 더 터져라.

생각하자마자 압력이 뒤와 앞, 양방향에서 아주 미세한 시간차를 두고 밀려왔다. 화염을 버티는 것도 버티는 것이지만, 그 압력에 의해서 생사(生死)가 촌음에 달렸다.

안구가 터지기 전에 본다. 피부가 녹아버리기 전에 고온을 느낀다. 이성이 마비되기 전에 십이양공의 열기가 이 화력의 세상과 어떤 식으로 화(和)하는지를 느낀다. 잊지 마라.

펵!

빌어먹을 안구가 동시에 터졌다.

어김없이 내 이지를 지배하려는 고통이 온몸으로 퍼져 나가기 시작했다.

그럼에도 내가 버틸 수 있는 이유는 이 세상에서는 그 때와는 달리 거대한 금색 눈동자가 존재하고 있지 않기 때문이었다. 그때의 지옥이 아이러니하게도 지금 나를 돕고 있었다.

터진 안구 속으로 이 세상의 화염이 송곳처럼 찔러 들어오고, 이미 폐부 안은 내 것이 아닌 열기로 가득 찼다.

안구로 들어온 화염이 뇌에 닿기 전까지, 폐부 안의 열기가 심장을 정지시키기 전까지. 최대한 버티다가 내뱉었다.

"Ρεςτωρατηων!"

재생 마법을 다시 쓴 후에 깨달았다.

십이양공의 열기가 이 세상에서 어떻게 화하는지 보기 위해서 이렇듯 있었던 것인데, 어느 순간 정신을 놓고 버티는 데에만 신경 쓰고 있었다. 빌어먹을 고통이 틈만 나면 이지를 잠식한다.

재생마법은 이제 얼마 남지 않았다. 그러나 불행인지 다행인지 모를, 이 화력의 세상도 곧 끝이었다. 마이크로 초의 단위로 계산될 법한 압력 작용의 횟수를 생각해 볼 때 그랬다.

한편 명왕단천공도 줄곧 뭔가를 말하려는 것 같기는 했다. 그러나 명왕단천공이 그 대단한 연산속도로 뭔가를 하기도 전에, 내가 이 고통에 잠깐 본래 목적을 잊어버렸다.

다시 오지 않을 기회가 저들에게만 있는 것이 아니라, 내게도 있었다. 지금을 놓치면 이 손에 잡힐 듯 말 듯한 뭔가가, 아이가 놓쳐 버린 풍선처럼 쑥 날아가 버릴 게 분명하다.

잊지 마라. 절대!

쿠쿠쿠쿠쿵!

찰나의 상념을 어김없이 깨트리며 또다시 압력이 밀려왔다.

그 많은 압력 중에서도 사선 아래 방향에서 쳐 올라온 압력이 가장 컸다. 지금까지 있었던 어떤 폭발보다도 가장 가까운 곳에서 일어난 것이었다.

초 고열을 동반한 압력이 내 몸을 붕 띄웠다.

이번에야말로 나를 소멸시키고야 말겠다는 세상의 의

지가 있었던 것인지, 화력의 세상 전체가 순간 압축되었다.

나는 내 몸에서부터 꿈틀거리는 붉은 아지랑이들 또한 그 안으로 빨려 들어가는 것을 느꼈다. 혈맥 안에서 흐르고 있던 기운도 방향이 바뀌었다. 외부에서 인 자극이 내부에 미친 것 같았는데, 명왕단천공이 보낸 전기 신호를 보면 그게 아니다.

"커억!"

명왕단천공이 보여 줬던 푸른 섬광(閃光)도 찰나였다.

이 세상의 마지막 공격이 내 심신을 흔들어 놓았다. 심지어 혼백마저도 쥐어짜지는 것 같다.

또다시 압력이 안구를 터트리고, 화염을 그 안으로 들여보내는 순간.

온몸의 근맥을 끊어버리고 싶은 충동에 휩싸였다.

몸이 어딘가로 튕겨 날아가는 중이라는 것만 인식될 뿐이었다.

"Ρεϛωρατηων!"

아직도 세상 안이었다. 하지만 꺼져 버리기 일보 직전의 세상이다.

그래서 잠시 뒤.

내가 솟구쳐 나온 것이 아니라, 쑥 가라앉아 버린 화력

의 세상이 나를 본래의 세상 앞에 토해 냈다고 하는 것이
더 정확한 설명이리라.

폭격에서는 버텼다. 그러나 그 화력의 세상에서 기대했
던 진일보(進一步)는 없었다.

명왕단천공이 마지막 순간에 보여 줬던 푸른 섬광과 이
에 이끌어진 혈맥의 움직임은…… 화력에 화하였던 붉은
아지랑이들은…….

그때였다.

그간 어디에 있었는지, 흑천마검이 긴 머리칼을 휘날리
며 상공으로 솟구치는 게 아닌가.

나는 흑천마검이 시선이 맺힌 더 높은 곳으로 시선을
옮겼다.

거대한 투하 폭탄 네 개.

그 진로 상에 흑천마검이 있었다.

녀석은 턱뼈가 없는 게 분명하다. 아니 절개하고 보면
얼굴 전체가 고무로 이루어졌음을 확인할 수 있을 것이
다.

초고속으로 떨어지는 폭탄의 속도만큼이나, 흑천마검
의 입도 순간에 쩍 벌어졌다. 항모의 핵미사일을 삼킬 때
와 흡사했다. 그러니까 녀석은 여우고, 투하 폭탄은 잘 익
은 포도알이었다.

약 육 미터가 넘는 크기의 투하 폭탄이 순간에 녀석의 입 안으로 떨어졌다.

꿀꺽.

첫 번째.

꿀꺽.

두 번째.

꿀꺽. 꿀꺽.

세 번째, 네 번째 폭탄이 연달아 녀석의 입 안으로 사라졌다.

녀석이 나를 돌아보며 기괴한 미소를 지을 때, 녀석의 배가 큼지막하게 부풀었다. 그리고 녀석의 배 안에서 폭발이 일어난 것이 분명했다.

소리는 없지만 그 열기와 섬광이 녀석의 입술 사이에서 번쩍였다.

눈부신 빛!

초고온의 열기!

불현듯 갑자기, 그 광경과 느낌에서 직전이 떠올랐다.

손에서 놓쳐 버린 순간에 잊혀져야만 했던 명왕단천공의 푸른 섬광, 혈맥의 순환 방향, 화력의 세상에 화했던 나의 붉은 아지랑이들…….

바로 그 전부를 말이다.

"아!"

한순간 입에서 탄성이 터져 나왔다.

*　　*　　*

척추를 정립(正立)시키자, 온몸에 힘이 바짝 들어갔다.

근골을 비틀었다.

두둑!

견갑골이 불쑥 솟았다.

피부를 뚫고 나올 만큼 그 변화가 확연하지만 통증이
없다.

도리어 견갑골이 다시 가라앉아 제자리에 정확히 맞아
떨어졌을 때, 뼈와 뼈 사이에서 열기가 점화(點火)되는 느
낌을 받았다. 그런데도 통증보다는 강렬해진 힘이 더 또
렷하게 느껴졌다. 그 순수한 육체의 힘은 선천진기나 후
천진기를 운용했을 때나 가능할 일들을 가능케 할 것 같
았다.

상완근과 삼두근에서 힘으로 가득 찬 수축이 느껴지는
동안, 흉골을 넓게 폈다.

두 다리로는 모래 깊숙이 지탱된 대지를 밟고 서서!

흐으읍.

길고 긴 들숨.

사방으로 흩어지던 초고온의 열기가 콧구멍과 반개한 입술 사이로 힘껏 들어왔다. 그것이 기도를 지나 팽창된 폐부의 벽에 스미어들더니 혈맥을 타고 흐르기 시작했다.

본래 혈맥 안에서 고요히 흐르고 있던 십이양공의 기운과 부딪치게 되는 것은 자연스런 수순이었다. 그러나 내 것이 아니기에 물과 기름처럼 이질적이어야 했을 그것이, 역시나 십이양공의 기운과 충돌하지 않고 자연스럽게 녹아들었다.

"크……크크큭."

인간 육체의 태생적 한계에서 벗어날 때라는 걸 직감했다.

십이양공 십이성에 달하면 반인반신(半人半神)에 달할 수 있다던!

태고의 기록이 바로 이것을 말하는 것이리라!

배 속 장기를 더 자유롭게 움직일 수 있다는 걸 알았다. 그래서 일말(一抹)의 지방질과 필요에 의한 만큼의 근육질들을 제외하고 남은 부분을 땀구멍으로 내보내는 작업에 들어갔다.

찰나에, 내 온몸이 점액질로 뒤덮였다.

단전 주위에 빈 공간이 생겼다.

그 순간부터 명왕단천공이 십이양공의 구절들을 뇌리에서 번뜩이기 시작한 것은 결코 우연이 아니었다. 하지만 이미 진행되고 있는 중이라서, 그러한 계산의 결과는 한 박자 뒤늦은 알림에 불과했다.

명왕단천공이 나보다도 늦을 때가 있다니.

어떤 가상의 인물, 명왕단천공에게 처음 이긴 듯한 희열이 나를 더 자극시켰다.

단전의 크기를 늘렸다.

화력(火力)의 세상에서 공력을 꽤나 소진했기 때문에, 산술적으로 이야기하자면 단전 총량의 오 할 정도가 비어 있다고 할 수 있었다.

파앙!

전신에서 튀겨대던 점화가 단전 주위에서 더 격렬해졌다.

그리고 단전이 태생적 한계를 초월하여 확장되어져 버리는 순간, 본래 오 할 정도로 느껴졌던 기운의 양이 일 할쯤으로 여겨졌다.

그만큼 그릇의 크기가 커졌다. 이 순간이 오지 않았더라면 나는 믿지 않았을 것이다. 지금까지 내가 배양했던 단전이야말로 인간의 태생적 한계라는 것을 믿어 의심치 않았으니까.

지금이야말로 인간으로 태어나 할 수 있는 극의를 이루었다.

더 이상 배꼽을 열어 둘 필요가 없어졌다.

배꼽 구멍 사이로 생살이 채워져, 그 복근 주위가 밋밋하게 변했다.

주먹을 쥐었다 펴자, 손가락 사이사이까지 채워졌던 극염(極炎)의 불꽃이 화르르 피어올랐다가 내 의지에 의해서 사라졌다.

지금까지의 과정에서 피가 파랗게 변한다고 할지라도 놀라운 일이 아니었다.

반인반신.

나는 이미 신(新) 인류다.

두 눈에 힘을 주면 공기 중에 나부끼는 모래 입자들이 보인다. 기운을 세밀하게 움직이는 것도 가능해서, 입자 하나만 꼭 찍어 건드릴 수도 있었다.

흑천마검의 말 따라, 환장하겠구나!

"크하하하!"

나는 고개를 들쳐 올리며 앙천대소(仰天大笑)를 터트렸다.

체내에서 계속되었던 점화가 이제 바깥에 미쳐, 내 주위가 온통 화염이었다.

모래들이 닿자마자 녹아 버리는 초고온의 화염.

이 세상이 내게 안겨주었던 화력(火力)의 세상과 동일하고, 회용돌이 치는 그 안에서 거대했던 압력 또한 재현된다.

그래. 다시 운기하지 않는 이상 내공의 양이 변함없겠지.

하지만 순도(純度)라고 말할 수 있을 그 무엇이 달라졌다. 마치 휴화산의 마그마처럼 정온(靜穩)하지만, 개방되는 순간 폭발하고 마는 것이다.

십이양공 십이성에 도달했다는 흥분으로 온몸이 주체못할 만큼 떨렸다.

역대 교주 중에 오로지 단 한 명, 초대 교주만이 도달했다던 마의 벽을 뛰어넘은 것이 아닌가! 불과 서른쯤에! 서른쯤에!

더 더욱이 전통적인 방법이 아닌, 내가 발견한 새로운 방법에 의한 진보(進步)라는 점에서 더 의미가 있는 것이 아닌가!

그래서 선지안(先知眼)이 떠지지 않은 것이 아쉽다. 선지안까지 떠졌더라면, 그야말로 나는 살아 있는 신이라

불려도 부끄럽지 않은 존재가 되었으리라.

결국, 영적인 능력은 십이양공과 무관한 선천진기의 영역이었다. 내가 나아가야 할 길이 무엇인지 뚜렷하게 보였다.

화르르륵.

눈앞에서 이글거리는 이 세상의 대기를 바라보다가, 그 전부를 몸 안으로 회수했다. 금방이라도 온 세상을 녹여 버릴 것만 같던 열기가 빠르게 사그라들었다.

각국의 GATE를 향해 후퇴 중인 전차들이 보였다.

살짝 신형을 튕겨 오르자, 뜨거운 바람이 쏴악 전신에 몰아쳤다가 사라졌다. 그렇게 나는 전방위의 전차들이 모두 보이는 상공 위에 나타났다.

저것들의 공격을 다 받아주었으니, 이제는 내 차례다.

내 주위가 고요했던 것도 잠깐.

파앙!

충격파가 먼저 내 앞의 쌍장(雙掌)에서 터졌다. 마치 소닉붐을 연상케 하는 그 현상에서 굉음이 일어났으며, 실질적인 폭발은 수 킬로미터 밖에서 연쇄적으로 시작됐다.

각국의 전차들이 산산조각 나는 광경조차도 거대한 폭발 속에 감춰졌다. 형체도 알아볼 수 없을 만큼 녹아버린 그것들의 파편들이 하늘 위에서 우수수 떨어진다.

바로 그때.

전투기 편대 속으로 스텔스 폭격기 한 대가 연기를 뚫고 나와, 고도를 올렸다. 이미 한차례 실패가 있었음에도 불구하고, 그들이 거기에 다시 기대를 걸 수밖에 없을 만큼 굉장한 화력이 담겨 있다. 터지기만 하면 된다. 그런 생각일 것이라.

전투기 편대와 스텔스 폭격기를 사전에 상공에서 제거하는 것쯤은 무척이나 쉬운 일이지만 가까이 오도록 내버려두었다.

당장, 힘을 시험해 보기로는 저것이 탑재한 투하 폭탄만큼이나 좋은 게 없다고 판단했다. 직전의 나는 저것을 직면할 수 없어서 흑천마검에게 맡겼다.

하지만 지금이라면 다르다.

확신이 있었고, 그걸 확인할 때였다.

일부러 지상으로 내려와 거대한 투하 폭탄이 떨어지길 기다렸다.

이윽고 스텔스 폭격기가 임무를 마치고 초음속으로 사라졌으며, 투하 폭탄 또한 비슷한 속도로 나를 향해 떨어지기 시작했다.

초음속이지만 분명히 보인다.

저 크고 길쭉한 6미터짜리 폭탄이!

몇 발자국 움직여, 저것의 투하 궤도상의 정확한 위치로 이동해 두 팔을 올렸다. 극성의 공력이 양 손바닥을 휘감아 도는 중심으로, 탄두 끝이 충돌했다.

번쩍!

터졌다.

초고온의 화염 그리고 드래곤이 나를 짓이겨놓았던 압력과 비슷한 힘이 강렬한 빛과 함께 뿜어져 나오려 했다.

후우우욱.

나는 빠르게 기류를 움직여 기막(氣膜)을 형성해 가슴 쪽으로 끌어당겼다.

강대한 폭발 에너지가 성인 주먹 두 개를 합친 것만 한 크기의 기막 안에 담기자마자, 기막을 뚫고 나오기 위한 저항이 시작됐다. 그 안에서 섬화(閃火)가 시종일관 번뜩이면서, 기막을 마치 찬란한 마법의 구슬처럼 보이게 만들었다.

그것이 아름답다고 생각한 것은 순간이었다. 폭발 에너지가 기막을 터트리며 나오는 것을 막기 위해 힘을 실었다.

화아악!

손아귀 안에서 번쩍거리는 섬화가 마치 비명처럼 느껴졌다.

바깥으로 나오려는 힘의 세기가 찰나에 배가 되었다.

나도 더 힘을 실었다. 내 양 손바닥이 기막에 의해 둥그런 모양새였던 그것을 양쪽에서 압박하며 납작하게 만들었다.

그리고 마침내, 내 두 손바닥이 마주 닿는 순간이 왔다.

파앙!

손바닥이 마주치는 소리를 냈고, 모든 폭발 에너지가 양 손바닥을 통해 체내 안으로 들어왔다.

강렬한 열기가 몸을 타고 흐른다.

온몸에 용암이 흐르는 기분이다.

그 양이 일시에 받아들이기에는 너무도 과했기 때문에, 내보내야 할 것은 내보내야 한다.

안구가 화끈거리는 당연하고, 신체 전 부위가 뜨겁게 달아올랐다. 그렇지 않아도 이미 몸 전체에는 녹은 지방질과 근육질이 뒤덮고 있었는데, 그것들이 열기에 의해서 증발된다.

곧장 백옥 같이 깨끗하고, 조각같이 선명한 근육이 고스란히 드러났다. 그때는 이미 폭발 에너지에서 일정량을 단전으로 돌리는 작업을 끝낸 뒤였다. 과욕은 분명 화를 일으키겠지만, 적정량의 폭발 에너지는 그 어떤 비약보다도 뛰어나다.

그래서 흑천마검이 핵을 그렇게나 탐했던 것이겠지.

흑천……마검?

녀석을 떠올리던 바로 그때, 등줄기에 한기가 스치듯 지나갔다.

휙.

고개가 틀어졌다. 본능적인 움직임에 의해서였다.

그 순간 내 눈에 들어온 광경은 온통 칠흑뿐인 어둠의 세상이었다.

얼마나 깊고 넓은 것인지, 그 끝이 보이지 않는다. 그 어둠은 흡사 천년금박에서 느꼈던 불가사의한 공포를 동반하고 있었다.

그런데 어둠 전체가 나를 향해 쏟아져 들어오고 있는 것이 아닌가!

그제야 알았다.

이 어둠의 정체를 말이다.

온몸에 돋은 소름이 그걸 말해 주고 있듯이!

바로 몸을 눕혔다.

그러자 어둠뿐이었던 세상의 천장이 보였다. 뾰족한 하얀색의 그것이 천장에 돋아나 있었다.

바로 그것, 녀석의 이빨!

빠르게 좁혀오는 어둠에서 한층 더 거리를 벌리고 나자 더 확실해졌다.

　　녀석이 아가리를 쩍 벌리며 날아들고 있었다.

〈다음 권에 계속〉

『죽지 않는 무림지존』, 『천지를 먹다』
베스트 셀러 작가 나민채의 스펙터클한 퓨전 무협

『마검왕』을 가장 빠르게 보는 방법!

Dream Books

'스마트폰으로 접속!'

강령술사

FUSION FANTASY STORY & ADVENTURE

정은호 퓨전판타지 장편소설

『가문의 주인』, 『명불허전 Dr.허』의 작가 정은호!
많은 이들이 기다린 진정한 모험 판타지!

무속인의 피를 이어받은 고등학생 경식.
신병을 견디지 못하고 집안 내력인 신기를 받아들이던 도중,
강렬한 충격과 함께 이세계로 떨어지게 되는데!

dream books
드림북스